AUX FRAIS DE LA PRINCESSE

DU MÊME AUTEUR

Dans la même collection :

Laissez tomber la fille.
Les souris ont la peau tendre.
Mes hommages à la donzelle.
Du plomb dans les tripes.
Des dragées sans baptême.
Des clientes pour la morgue.
Descendez-le à la prochaine.
Passez-moi la Joconde.
Sérénade pour une souris défunte.
Rue des Macchabées.
Bas les pattes !
Deuil express.
J'ai bien l'honneur de vous buter.
C'est mort et ça ne sait pas !
Messieurs les hommes.
Du mouron à se faire.
Le fil à couper le beurre.
Fais gaffe à tes os.
A tue... et à toi.
Ça tourne au vinaigre.
Les doigts dans le nez.
Au suivant de ces messieurs.
Des gueules d'enterrement.
Les anges se font plumer.
La tombola des voyous.
J'ai peur des mouches.
Le secret de Polichinelle.
Du poulet au menu.
Tu vas trinquer, San-Antonio.
En long, en large et en travers.
La vérité en salade.
Prenez-en de la graine.
On t'enverra du monde.
San-Antonio met le paquet.
Entre la vie et la morgue.
Tout le plaisir est pour moi.
Du sirop pour les guêpes.
Du brut pour les brutes.
J'suis comme ça.
San-Antonio renvoie la balle.
Berceuse pour Bérurier.
Ne mangez pas la consigne.
La fin des haricots.
Y a bon, San-Antonio.
De « A » jusqu'à « Z ».
San-Antonio chez les Mac.
Fleur de nave vinaigrette.
Ménage tes méninges.
Le loup habillé en grand-mère.
San-Antonio chez les « gones ».
San-Antonio polka.
En peignant la girafe.
Le coup du père François.
Le gala des emplumés.
Votez Bérurier.
Bérurier au sérail.
La rate au court-bouillon.
Vas-y Béru !
Tango chinetoque.
Salut, mon pope !
Mange et tais-toi.
Faut être logique.
Y a de l'action !
Béru contre San-Antonio.
L'archipel des Malotrus.
Zéro pour la question.
Bravo, docteur Béru.
Viva Bertaga.
Un éléphant, ça trompe.

Faut-il vous l'envelopper ?
En avant la moujik.
Ma langue au Chah.
Ça mange pas de pain.
N'en jetez plus !
Moi, vous me connaissez ?
Emballage cadeau.
Appelez-moi, chérie.
T'es beau, tu sais !
Ça ne s'invente pas.
J'ai essayé : on peut !
Un os dans la noce.
Les prédictions de Nostrabérus.
Mets ton doigt où j'ai mon doigt.
Si, signore.
Maman, les petits bateaux.
La vie privée de Walter Klozett.
Dis bonjour à la dame.
Certaines l'aiment chauve.
Concerto pour porte-jarretelles.
Sucette boulevard.
Remets ton slip, gondolier.
Chérie, passe-moi tes microbes !
Une banane dans l'oreille.
Hue, dada !
Vol au-dessus d'un lit de cocu.
Si ma tante en avait.
Fais-moi des choses.
Viens avec ton cierge.
Mon culte sur la commode.
Tire-m'en deux, c'est pour offrir.
A prendre ou à lécher.
Baise-ball à La Baule.
Meurs pas, on a du monde.
Tarte à la crème story.
On liquide et on s'en va.
Champagne pour tout le monde !
Réglez-lui son compte !
La pute enchantée.
Bouge ton pied que je voie la mer.
L'année de la moule.
Du bois dont on fait les pipes.
Va donc m'attendre chez Plumeau.
Morpions Circus.
Remouille-moi la compresse.
Si maman me voyait !
Des gonzesses comme s'il en pleuvait.
Les deux oreilles et la queue.
Pleins feux sur le tutu.
Laissez pousser les asperges.
Poison d'Avril, ou la vie sexuelle de Lili Pute.
Bacchanale chez la mère Tatzi.
Dégustez, gourmandes !
Plein les moustaches.
Après vous s'il en reste, Monsieur le Président.
Chauds, les lapins !
Alice au pays des merguez.
Fais pas dans le porno...
La fête des paires.
Le casse de l'oncle Tom.
Bons baisers où tu sais.
Le trouillomètre à zéro.
Circulez ! Y a rien à voir.
Galantine de volaille pour dames frivoles.
Les morues se dessalent.
Ça baigne dans le béton.
Baisse la pression, tu me les gonfles !
Renifle, c'est de la vraie.
Le cri du morpion.
Papa, achète-moi une pute.
Ma cavale au Canada.
Valsez, pouffiasses.
Tarte aux poils sur commande.
Cocottes-minute.
Princesse Patte-en-l'air.
Au bal des rombières.
Buffalo Bide.
Bosphore et fais reluire.
Les cochons sont lâchés.
Le hareng perd ses plumes.
Têtes et sacs de nœuds.
Le silence des homards.

Y en avait dans les pâtes.
Al Capote.
Faites chauffer la colle.
La matrone des sleepinges.
Foiridon à Morbac City.
Allez donc faire ça plus loin.
Aux frais de la princesse.

Hors série :

L'Histoire de France.
Le standinge.
Béru et ces dames.
Les vacances de Bérurier.
Béru-Béru.
La sexualité.
Les Con.
Les mots en épingle de Françoise Dard.
Si « Queue-d'âne » m'était conté.
Les confessions de l'Ange noir.
Y a-t-il un Français dans la salle ?
Les clés du pouvoir sont dans la boîte à gants.
Les aventures galantes de Bérurier.
Faut-il tuer les petits garçons qui ont les mains sur les hanches ?
La vieille qui marchait dans la mer.
San-Antoniaiseries.
Le mari de Léon.
Les soupers du prince.
Dictionnaire San-Antonio.

Œuvres complètes :

Vingt-trois tomes parus.

SAN-ANTONIO

AUX FRAIS DE LA PRINCESSE

ROMAN MATELASSÉ

FLEUVE NOIR

ISBN 2-265-00016-7
ISSN : 0768-1658

A Toi
à Moi
à la Vie
à la Mort
à Corps et
à Cris
à Tire-larigot
à Bon entendeur,
Salut !

San A.

Te fous pas de la gueule des riches, tu ne sais pas ce qui t'attend.

*
**

Il y a des gens que j'embrasse pour ne plus les voir.

*
**

Croire en Dieu ?
Bien obligé, quand on a des enfants.

*
**

L'égoïsme tranquille des peintres.

PRÉ EN BULLES

Lecteur !

Ô mon lecteur !

Mon lecteur patient, mon lecteur égrotant, laminé, souffreteux, meurtri, chiasseux, morbide.

Ô mon lecteur !

Mon lecteur inculte, mon lecteur présomptueux, désemparé, variqueux, redondant, boulimique, foireux, endoctriné, endocrinien, masochiste, constipé, lugubre, inconstant, inconsistant, incontinent.

Ô mon lecteur !

Mon lecteur en rires et en larmes. Mon lecteur qui-s'en-va-tout-seul ! Mon lecteur de misère, de fausse gloire. Mon lecteur à mobylette, en Mercedes (Benz), à pied, à pied d'œuvre, désœuvré, fuyard, mais qui sait mourir pour quarante sous !

Lecteur d'amour et de gueuserie ; enfileur de perles et de sa femme ; mourant de vivre ; chiant en froc ; priant bas ; criant la soif ; pleurant sans cesse.

Lecteur que j'ai épousé il y a lurette et qui me meurt doucement contre, comme le mur est compissé par le chien. Lecteur avide, à vide, lecteur impitoyable qui toujours renaît de ses sens. Lecteur qui me transmet ses descendants pour que je leur donne à eux aussi des cours particuliers d'insolence et de charité. Des cours d'amour. Des cours de baise. Des cours de larmes et de sanglots.

Lecteur que je vois dans ma glace.

Lecteur de si longtemps et de pour toujours, je vais, pour la première fois de ma carrière échevelante, perpétrer de la nouveauté. Puisqu'en premier chapitre de cet ouvrage de bon gré mal gré, je place le dernier du précédent [1], pour qu'ainsi la chaîne soit inrompue et que, de la sorte, les deux livres se suivent et ne se ressemblent pas.

1. Allez donc faire ça plus loin.

RECHAPITRE

Le ministre est assis à son burlingue, les mains croisées. Il a l'air d'un gros bulldog qui fait semblant d'être méchant.

Il me dit, avec un accent qui balance des bouffées d'ail :

— Môssieur le directeur, je vous félicite. Son Excellence, l'ambassadeur d'Israël va arriver dans vingt minutes pour joindre ses compliments aux miens ; il paraît qu'on parle de donner votre nom à une rue de Tel-Aviv !

Il ricane :

— La gloire, non ?

Je sens du persiflage à travers l'ail.

— Les honneurs ne sont que des hochets, répliqué-je.

Le ministre reprend, de sa voix lourde et martelée qui fait penser à un égoutier en train de se déplacer, bottes aux pieds dans son obscur empire :

— Dites-moi, mon cher, qu'est-ce qui vous a valu votre promotion en qualité de directeur de la Police ?

L'attaque !

Je lui souris :

— L'homme étant imbu de lui-même, je m'imaginais que je la devais à mes seuls mérites, monsieur le ministre. Mais si elle vous semble injustifiée, je tiens ma démission à votre disposition.

Il plisse son groin pour « Guignols » de Canal +.

— Ne prenez pas la mouche, mon cher. Vous le savez, j'ai mon franc-parler.

— Qui donc l'ignorerait, monsieur le ministre ?

Il hoche sa forte tête et une expression ricaneuse éclaire d'une fausse joie son lourd visage de bûcheron de la politique.

— Le président de la République aurait des faiblesses pour vous, crois-je savoir ?

— Tous les monarques ont de l'indulgence pour les bouffons.

— Parce que vous en êtes un ?

— Disons que ma désinvolture peut le faire croire.

— Môssieur San-Antonio, savez-vous que vous n'êtes pas à votre place, actuellement ?

— Je me le dis parfois avec assez peu de verve, conviens-je.

— Et savez-vous pourquoi ? Parce que vos mérites, dont vous venez de parler, sont trop grands. Vous êtes un homme d'action, mon cher, et vous le prouvez abondamment ; un héros moderne sans cesse en train de guerroyer et dont le cul n'est pas à sa place dans un fauteuil pivotant. Bayard n'aurait pas pu être Richelieu.

— Conclusion, je démissionne ?

— Conclusion, je vous décharge de vos actuelles fonctions pour vous en confier d'autres qui conviendront bien mieux à votre tempérament.

— Intéressant, et de quoi s'agit-il, monsieur le ministre ?

— De fonder un corps spécial de police.

— Parallèle ? Comme l'était le S.A.C. ? Une section spéciale placée sous votre contrôle et qui fonctionnerait avec des fonds secrets ? Une légion romaine prête à toutes les actions ? Non, merci, monsieur le ministre !

— Ce que vous êtes soupe au lait, monsieur San-Antonio ! Vous avez une piètre opinion de moi. Il n'y a rien de secret dans mon projet, rien de « parallèle » comme vous le dites et je vous fous mon billet qu'il aura l'approbation de votre cher président.

— Mon président est également le vôtre, monsieur le ministre.

— Mais oui, mais oui, mais bien sûr. Ce que je veux fonder c'est une vaste brigade que vous dirigeriez. Elle ne s'occuperait que des « cas » particuliers, du genre de celui que vous venez de régler. Elle échapperait à la pesanteur administrative, jouirait de prérogatives particulières. L'époque est terriblement dangereuse, monsieur San-Antonio, elle a besoin d'une force de frappe capable d'intervenir vite et fermement. Vous êtes l'homme d'une telle réalisation.

— Il faut que je réfléchisse.

— Naturellement. Prenez tout votre temps et

donnez-moi votre réponse ce soir, au cours d'un dîner discret dans un endroit qui le sera aussi.

Diable de bonhomme. Un cas ! Il y a en lui une détermination, une volonté sans compromis que je reconnais.

— D'accord, monsieur le ministre.

— Voyons, monsieur San-Antonio, on ne va pas se livrer à un bras de fer pour vous obliger d'accepter une chose dont vous avez toujours rêvé en secret !

Il éclate d'un rire de marchand de bestiaux venant d'acheter à bas prix tous les bourrins de la garde républicaine.

— Donnez-moi un conseil, mon bon ; qui prendre pour vous succéder ?

— Celui qui m'a précédé, monsieur le ministre ; il était idéal pour tenir ce poste.

— Mais il est à la retraite !

— Il ne demande probablement qu'à rempiler.

— Il est vieux ! objecte encore le ministre.

Je hausse les épaules :

— Sans doute, mais il ne demande qu'à rajeunir !

CHAPITROUILLE

Je distinguais mal les traits du tennisman car il avait la tête penchée pour faire rebondir sa balle au sol une sixaine de fois avant d'engager. Je m'arc-boutais pour subir l'arrivée du projectile et le contrôler autant que faire se pouvait.

Le joueur se redressa avec une sorte d'exultation annonciatrice de victoire. C'était Courier, avec sa casquette blanche et sa blondeur de tomate mûre.

Son fin visage d'intellectuel surmené avait perdu sa pâleur coutumière et évoquait le drapeau japonais peint par Van Gogh. Il arma son épaule, son bras, et me virgula une tatahouète capable de pratiquer une brèche dans la coque du *Jeanne-d'Arc.* Néanmoins, il ne fit pas un *ace* puisque je reçus la boule jaune entre les yeux (luxe que M. Jean-François Le Pen ne peut s'offrir, le pauvre) et que j'étais à deux mètres de la ligne.

La dureté du choc me réveilla. Je sus alors que ma douleur à la tête n'avait pas été produite par la percussion de la balle, mais par l'absorption, quelques heures plus tôt, d'une bouteille de « Pacharan » (ma folie), que mon ami D. D. Sarda m'avait ramenée d'España. Jim Courier s'était évaporé avec sa raquette de champion et sa gâpette de veau. Ne subsistait de lui qu'un halo rouge dans mes rétines infortunées.

A part ça, mon téléphone sonnait.

Maman étant en voyage, je décrochai dans l'hypothèse où c'était elle qui m'appelait.

Au lieu de sa voix pleine d'amour et de miséricorde, j'obtins un organe secrétarial, de sexe plutôt féminin, qui me demanda à brûle-pourpoint si j'étais moi-même. Ne nourrissant aucun doute à ce sujet, je répondis sur-le-champ par l'affirmative. La personne eut alors la gentillesse de me dire qu'elle allait me passer « monsieur le ministre ».

Pris de court, je n'eus pas le temps de me fourbir les cages à miel pour les désencombrer du cérumen que des glandes inconséquentes déposent dans nos conduits auditifs externes. Il était illico en ligne, courtois, son sarcastisme habituel dûment fourbi à l'huile d'olive vierge.

— Vous voyez, me dit-il, il ne faut jamais me confier son téléphone personnel : c'est plus fort que moi, j'en abuse.

— Je suis à votre disposition, fayoté-je sans vergogne.

Nous avions dîné en tête à tête trois soirs plus tôt. Le restaurant discret, qu'il m'avait promis, se trouvait au ministère de l'Intérieur, et la petite salle privée à laquelle je m'attendais mesurait très exactement 14 × 9 m. Cela dit, nous fûmes les seuls convives, les quinze autres personnes présentes appartenant au personnel.

Nous avions échangé des points de vue convergents au niveau des techniques, et parfaitement éludés sur le plan politique. J'ai toujours été sensible à l'accent méridional, et donc je n'ai jamais pris très au sérieux les choses qui me furent dites avec la voix de Fernandel, partant de la confuse certitude que rien de très mauvais ne peut en sortir et rien de bien positif non plus. Je sais que le bon roi Henri et Napoléon Ier avaient des accents similaires, qui ne les empêchèrent pas de contribuer au prestige français ; malgré tout, je pense que le parler « en tenue de ville » du Général de Gaulle, celui de M. Mendès France ou de Mme Simone Veil, leur a toujours permis de se faire comprendre sans chausse-pied et sans les obliger à croquer des grains de café avant de s'exprimer, pour corriger leur haleine.

— Vous dormiez ? s'enquiert le ministre.

Regard preste à mon réveil.

— A sept heures du matin, *monsieur le sinistre !*

— Evidemment, murmure-t-il, les hommes d'action sont toujours matinaux et leurs armes sont déjà graissées quand l'ennemi se réveille ! Figurez-vous que je me heurte à un gros ennui.

— J'espère pouvoir vous aider.

— J'en suis sûr. Vous vous rappelez la personne à qui vous me conseilliez de faire appel pour vous succéder ?

Il baisse la voix et chuchote :

— Je ne suis pas seul...

— Je me la rappelle parfaitement, monsieur le, viens-je à son secours.

— Impossible de lui mettre la main dessus. Son téléphone sonne à vide, son hôtel particulier est fermé et les rares personnes de son entourage ignorent tout de l'endroit où elle pourrait se trouver.

— Je ne pense pas qu'il y ait là sujet d'alarme, fais-je. Un retraité de luxe, à la tête d'une fortune personnelle, possède le monde entier pour s'ébattre. Que disent les voisins ?

— Qu'ils ne le voient plus depuis « pas mal de temps ».

— Evidemment, s'il est allé passer six mois au soleil...

— Je suis d'accord, pourtant quelque chose me fait tiquer « mone cher » : sa boîte aux lettres ; bien que de vaste dimension, elle regorge de courrier qui l'empêche de se fermer. Pensez-vous qu'un tel personnage si méticuleux quitterait son domicile pour longtemps sans avoir réglé au préalable les questions postales ?

— Non ! admets-je.

— Vous vous occupez de cela, monsieur San-Antonio ?

En m'appelant de la sorte, il me signifie implicitement qu'il ne me considère plus comme étant le Big Boss des établissements « Poulardins et Cognemou », emboutissage. Il me tient pour « disponible », « vacant », bref « provisoirement au chômedu ».

Nous nous séparons de gré à gré.

Je bâille à en décrocher le lustre hollandais de ma chambre. On voit que m'man n'est pas ici : les volets sont demeurés ouverts et une belle journée de fin de début d'été arrose la nature. Il va falloir que je me prépare du café ! Avec ma gueule de buis, ça va être mignon ! Je te l'ai toujours dit : « les ustensiles me trahissent ». Chaque fois que je m'en sers, ils me marquent leur hostilité en m'échappant.

Non : je vais prendre une douche et aller boire un jus *Au Sabre de Bois,* le tabac de la rue Président-Coty.

Et puis tiens, aujourd'hui pas de rasage ! Je rencontre plein de mecs bien qui se trimbalent en permanence une barbouze de huit jours. Ils ont des trucs spéciaux pour conserver toujours la même longueur à leurs pièges à macaronis. Ça fait corsaire ; don Juan de l'aube ! Les gonzesses adorent : ça leur gratte la peau satinée des cuisses.

O.K., je ne me racle plus la couenne jusqu'à nouvel ordre (social). On verra bien.

*
**

Un Noir vêtu de bleu brique à grande eau le paisible quartier de la Muette. La rue d'Andigné sent une certaine humidité ; est-ce à cause du soleil ? Une tourterelle de gardienne d'immeuble gazouille un fado. Est-ce parce que je me sens comme délivré de ne plus être directeur de la Rousse, toujours est-il que j'éprouve un sentiment de légèreté me faisant penser à un bonheur qui démarre.

L'hôtel du Vieux, en pierres de (bonne) taille,

d'une blondeur délicate, est pimpant avec ses portes et fenêtres de chêne également clair. Les volets sont clos.

A travers la grille de fer forgé peinte en noir, avec les piques dorées s'il vous plaît, j'avise un jardinier occupé à tondre le gazon.

Je le hèle. Mais sa machine fait un tel boucan qu'il faudrait toutes les sirènes de Paris pour attirer son attention. Renonçant à lui signaler ma présence par des sons, je bricole la serrure du portail et pénètre chez Achille d'un pied léger. Je ne te l'ai jamais dit, mais Achille c'est également son patronyme, au Dabe. Il s'appelle Achille, Auguste, Marie, Hachille, plus « de » quelque chose. C'est le « quelque chose » que j'ai jamais pu me cloquer dans le cigare. D'ailleurs, je ne suis pas certain que cette particule soit la marque d'un titre nobiliaire et, très franchement, je m'en tamponne les roustons avec une tapette à mouches.

J'arrive sur le coiffeur de jardin pile au moment qu'il négocie un virage délicat autour d'une sculpture de buis en forme de carafe à bordeaux.

Je lui surgis soudain dans un rayon de lumière, kif une apparition de saint Julien l'Hospitalier ou du chevalier Ajax ammoniaqué, et je dois être particulièrement beau et noble ainsi éclairé, car le mec, de saisissement, plante son engin dans la bouteille végétale.

Il coupe le contact, ce qui est une attention émouvante pour mes tympans, et dans le silence encore grondant qui succède à ce simple geste, il demande :

— Comment êtes-vous entré ?

— J'ai vu une porte, réponds-je, et j'ai pensé qu'elle devait servir à quelque chose.

— Mais j'avais fermé !

— C'est bien pour cela que j'ai ouvert. Asseyons-nous sur ce vénérable banc de pierre et devisons. Je suis le remplaçant de M. Hachille à la tête de la Police.

Il est impressionné.

— Vous êtes beaucoup plus jeune que lui !

— Oui, conviens-je, c'est une vieille habitude, dans l'administration, que de remplacer les retraités par des fonctionnaires moins âgés. Il y a longtemps que vous travaillez pour M. Hachille ?

Il a un sourire qu'on pourrait développer sur quinze cents mètres de bitume avant d'en voir la fin.

— Alors là, si je vous disais...

— Eh bien justement, dites-moi.

— Vingt-deux ans ! J'ai entré ici quand c'est qu'il a acheté cette maison ! Si je vous dirais qu'il ne veut que moi. Lorsque je prends des vacances, il en est malade ! Heureusement que j'en prends jamais.

— Il y a combien de temps que vous ne l'avez pas vu ?

Son visage de vieux rat des champs égaré à Paname s'adorne de rides supplémentaires, et Dieu sait qu'il en possède des chiées !

— Plus de deux mois.

— Il vous a prévenu de son départ ?

— Il m'a seulement dit, un matin, que son larbin

angliche partait en retraite et qu'il avait viré la femme de chambre qui jouait du piano dans son coffre. « Je compte faire un petit voyage, m'a-t-il ajouté, vous me dorlotez mon parc, n'est-ce pas, Sébastien ? »

Je file un panoramique sur le jardin délicieux qui ne saurait malgré tout prétendre à l'appellation de parc avec ses cinq ou six cents mètres carrés.

— Je comprends qu'il l'aime, assuré-je, c'est une œuvre d'art.

— Faut quinze ans pour obtenir ça.

— J'imagine.

— On élève plus rapidement des gosses que des arbres.

— Et la maison, qui s'en occupe ?

— Personne.

— Deux mois sans qu'on y fasse le ménage ! Mais c'est de la folie pure. Imaginons qu'une fuite d'eau se produise ?

— Je jette un œil, chaque semaine.

— Vous avez les clés ?

— M. Hachille me laisserait celles de son coffre-fort. La confiance, c'est la confiance !

— On peut jeter un coup d'œil à l'intérieur ?

Il se rembrunit.

— Qui me dit que vous êtes bien qui vous êtes ?

Je lui présente ma carte. Il est rassuré mais pas totalement convaincu.

— N'empêche que c'est pas chez vous, objecte-t-il.

Je pose une main de deux livres sur son épaule chargée d'ans.

— J'agis au nom du ministre de l'Intérieur, inquiet de la disparition de M. Hachille. Si vous ne m'ouvrez pas, je vais mander un serrurier.

— Qui fera du joli travail ! Cette maison est truffée d'alarmes de toutes sortes ; un qui veut y pénétrer sans savoir, il dérouille, croyez-moi.

— Raison de plus pour que vous m'ouvrissiez, cher ami.

Je l'ai au subjonctif. Il doit se dire que le mec qui te dégaine un « m'ouvrissiez » à la fortune du pot ne peut qu'être de *first quality*.

— Bon, venez !

La demeure s'empoussière, mais dans la pénombre la chose se décèle à peine. Les Watteau (mort à 37 ans, quelle tristesse), les Fragonard (né à Grasse), le Toulouse-Lautrec (2 buts à 1) et les Jean-Gabriel Domergue (en vente libre dans toutes les bonnes drogueries) sont en place. Tout reluit doucement dans la pénombre : les meubles Louis XV, les objets coûteux, les pendules, les parquets ; ne manque à cette fresque de luisances que le beau crâne poli du Vioque.

Je me rends de pièce en pièce pour une sommaire inspection.

Tout est conforme, comme dit Patrice. Conforme, pour lui, signifie « R.A.S. ». Dans son cabinet de travail, je m'attarde un peu, assis à son burlingue, comme j'en ai pris l'habitude à la Grande Cage, les mains allongées sur le cuir pulpeux du sous-main cordobien. Les motifs repoussés représentent des treilles de vigne, avec leurs feuilles, grappes et vrilles, camaïeu lie-de-vin sur fond bordeaux.

Je soulève la partie supérieure de l'écrivateur. Tu sais que c'est lourd, ces petites bêtes? A l'intérieur, il n'y a qu'un papier, luxueux, bleu à franges. L'écriture d'Achille s'exprime avec ses caractères élégants, hauts et légèrement pointus; c'est écrit au stylo à encre, ce qui permet à un vieux calligraphe comme Chilou de marquer les pleins et les déliés ainsi que ça se faisait jadis.

Je lis :

Pour que vous m'emmeniez toujours plus loin.

Et c'est tout. Je relis puis remets le bref message en place.

Le camarade jardinier dit :

— Ce qui me chicane, moi, c'est tout ce courrier accumoncelé dans la boîte; si on attend encore, il va « verser » par terre.

— Pourquoi ne le rentrez-vous pas?

— Parce que je n'ai pas la clé de la boîte. Monsieur, de ce côté-là, a toujours été un peu maniaque. Il n'y a que lui qui a le droit de relever le courrier.

— Nous allons régler cette petite question, décidé-je.

— Vous avez la clé?

— Toujours.

Quand je déponne la porte vitrée, une masse de papiers choit à mes pieds : des lettres, des revues, des imprimés de toutes sortes. Le tailleur de rosiers écarte son tablier bleu pour en faire un réceptacle dans lequel je fourre, en la tassant un max, ma provende pététesque.

— Emportons tout cela au bureau, mon bon Sébastien, je vais survoler cette masse de lettres pour vérifier s'il en est de « critiques ».

Dans un premier tri, je virgule les prospectus et les petits magazines à vocation publicitaire. Puis je compose un tas avec ce qui est faire-part, invitations, programmes de manifestations dont la date est périmée. Un deuxième lot pour les factures, un troisième pour les bafouilles commerciales, identifiables aux en-têtes, et un quatrième, enfin, pour les missives privées. Ces dernières émanent de femmes huppées, le format, la luxiosité du papier, les initiales au dos, en anglaise gravée, le parfum même qui en sourd sont révélateurs de la qualité des correspondantes. Ne changera jamais, le Big : la gonzesse c'est sa vie ! A cent ans, si le Seigneur lui accorde un bon de sortie jusque-là, il carmera à tout va pour encore passer sa menteuse dans des raies de bonnes provenances !

Maintenant que j'ai accompli mon tri, j'hésite.

— Vous venez souvent entretenir le jardin, cher monsieur Sébastien ?

— Deux fois la semaine. Faut ça si on veut obtenir quelque chose d'impeccable.

— Pour sûr. Pendant les heures que vous passiez ici, s'est-il présenté des gens pour M. Hachille ?

— Pas grand monde.

— Mais encore ?

Il a une moue incertaine, puis sa bouille s'éclaire.

— Si, un jour, peu après son départ, ça devait z'être le lendemain, un livreur de chez Piton est venu. Un jeunot.

— Qui est Piton ?

— Le grand marchand de valises.

— Vous parlez de Vuitton ?

— Pas impossible ; à moins qu'ça soive de chez Ernest qui font aussi des foulards.

— Hermès ?

— Ça se pourrait. C'est des noms que j'entends causer par les autres mais que j'ai jamais eu affaire avec. Donc, ce jeune type se pointe au volant d'une fourgonnette. Emmerdé comme pas trois. J'ai un âge qu'on se confie, en moins de deux, il m'espose son caca : la veille, il avait deux valises super à livrer chez une dame. Mais ce petit nœud, le voilà-t-il pas qu'y va retrouver sa péteuse du moment, qu'avait congé. Il la grimpe, la tire une fois, deux fois, trois fois, et s'endort sur le rôti. Ils roupillent trois heures d'enfilée, les tourtereaux, se réveillent en cerceau. Faut qu'il rentre dare-dare au magasin. Il laisse les valoches chez sa polka et retourne fissa à la boutique où le voilà qui raconte une histoire de corne diable pour expliquer son retard.

« Le lendemain, il file livrer les deux bagages : malédictas, la dame venait de partir en voyage. Alors comme il a le nom de l'espéditeur des valises, il se pointe pour se faire pardonner avant que ça se mette à chier des bulles chez ses employeurs. C'est moi que je le reçois, M. Hachille ayant pris la tangente aussi ; le môme est marron sur toute la ligne. Je me demande comment qu'il s'est débrouillé. »

Du temps qu'il achève son palpitant récit, je relis par la pensée le mot de Chilou dans son sous-main : « *Pour que vous m'emmeniez toujours plus loin.* »

Ça cadre avec les valises, non ? Bien dans les manières du Vieux. Il s'apprête à partir en voyage avec une pouffe et, délicate attention, lui fait livrer deux grandes valdingues de luxe. Il a dicté le message d'accompagnement au téléphone ; seulement, comme c'est l'homme le plus méticuleux de la terre, il l'a d'abord écrit avant de le dicter. Il a dû renauder comme un malade, lors du départ, en apprenant que sa souris voyageuse n'avait pas reçu ses présents !

— Alors, cher monsieur Sébastien, ce livreur ? Il travaillait pour Piton ou Ernest ?

— Piton ! décide l'engazonneur.

Je pars en emportant discrètement les lettres parfumées.

CHAPITRAC

Un vrai velours !

Au service des commandes, on retrouve sans mal l'achat de deux valises grand format, dans la nouvelle ligne de cuir fauve. Cette acquisition a été effectuée par téléphone et carte de crédit American Express il y a exactement deux mois. Le destinataire est une certaine « Thérèse Genitrix-Desqueyroux », comédienne, 116 rue François-Mauriac. Nom ronflant, mais carrière modeste, limitée à quelques seconds rôles dans des realities chauves : l'assistante d'un dentiste ; une dame à une soirée, près du piano ; la démarcheuse d'une agence immobilière ; une gérante de grand magasin ; une adjointe au maire, etc.

A l'adresse révélée par le bagagiste célèbre, je me trouve en présence d'une femme de chambre de couleur qui a dû peser un quintal il y a longtemps et qui a laissé la situation se dégrader depuis lors.

Elle fume un cigare, assise dans un fauteuil, les jambes puissamment écartées, mais sans offense pour la pudeur, ses cuisses composant un barrage naturel contre le Pacifique.

Son efficacité, en matière de ménage, doit se réduire à peu de chose puisque après avoir déclenché l'ouverture de la lourde, elle est contrainte de recourir à l'assistance d'un fauteuil pour récupérer de son effort.

— Commissaire San-Antonio, me rétrogradé-je.

— Salut ! Ici Fleur-de-mai ! répond-elle en enfilant six ronds de fumée sur mon pif. Vous venez à propos de Mademoiselle ?

— Qu'est-ce qui vous le donne à penser ?

— Deux mois sans nouvelles, ça commence à bien faire ; le téléphone carillonne sans arrêt : elle rate des cachets !

Comme pour apporter une illustration sonore à ses dires, la sonnerie bêcheuse d'un turlu hautement sophistiqué retentit. Cela fait comme le signal précédant un appel général dans un grand magasin.

La belle obèse patrouille dans ses braies et finit par y dénicher un combiné téléphonique portable. Elle le déploie et balance d'une voix énamourée de gonzesse qui est en train de se faire brouter le massif d'hortensias frisés :

— Oui, j'écoute ?... Non ! Elle est en voyage... Je ne sais pas, elle n'a rien dit. C'est de la part ?... Claude Lelouch ? J'ai bien aimé votre dernier film, celui avec Lucchini : ça, c'est un comédien ! Il est comment dans la vie ?

Mais l'interlo a déjà raccroché, car c'est un homme qui déteste perdre son temps.

— C'était Claude Lelouch ! m'annonce la fée du logis.

— Où Mlle Genitrix est-elle partie ? reviens-je à mes béliers.

La grosse *colored* tente de hausser les épaules, mais devant l'importance de l'effort y renonce au bénéfice d'un bref hochement de tête.

— Elle ne savait pas : il s'agissait d'un voyage surprise que Tonton, son nouveau vieux, organisait.

C'est Achille qui organisait la virée et pourtant, sur le mot accompagnant les valises qui ne sont pas arrivées à temps, le Dabe a écrit : « *Pour que vous m'emmeniez toujours plus loin* ». *Pour que VOUS m'emmeniez...* Peut-être s'agissait-il seulement d'une formule poétique ?

— Quel genre de vêtements a-t-elle emportés ? Pour le chaud, pour le froid ? Pour la ville ? La brousse ?

Tu veux que je te fasse rire, comme disent des cons qui ne te font jamais rire du tout ?

La grosse baleine noire me flanque un regard nimbé.

— Bonne question ! approuve-t-elle. J'étais absente le jour de son départ et je n'ai pas vu ce qu'elle emportait.

— Peut-être qu'en examinant sa garde-robe, vous tireriez des conclusions utiles ?

— Probable.

Elle crispe ses dents immaculées sur son cigare, saisit à pleines mains les accoudoirs du fauteuil et s'en arrache lentement. Ça fait comme quand on monte la tente d'un cirque ou qu'on gonfle un aérostat.

Je la suis dans un dressing parfumé à en faire éternuer des chacals. L'apparte d'une demi-mondaine : de la peau de Suède tapisse les murs et les portes, des luminaires vénitiens, des trompe-l'œil sur des panneaux coulissants, un plumard hollywoodien, des conneries coûteuses un peu partout.

Fleur-de-mai fait béer les penderies et se met à marmonner en manipulant des cintres montés sur roulements à billes.

A la fin de l'exercice, elle se retourne vers moi, les yeux posés sur ses joues molles.

— Elle est raide, celle-là ! assure l'aimable soubrette tropicale.

— Vraiment ?

— Mademoiselle n'a rien emporté, sinon le tailleur Chanel qu'elle devait avoir sur le dos. Vous croyez que c'est possible ?

— Si cela EST, c'EST possible, Fleur-de-mai. Regardez du côté de ses bagages, je vous prie.

— Vous qui êtes plus grand que moi, vous voulez bien ouvrir les portes du haut et grimper sur ce tabouret ?

Je m'exécute. Dans la partie supérieure de la penderie, j'aperçois un *vanity-case* et une grosse valise Lancel avec des armatures de bois et de laiton. Je les décris à la fille noire.

— Il manque ses deux valises Samsonite, déclare catégoriquement la frêle ancillaire. Pourquoi les avoir prises, puisqu'elle n'a rien emporté ?

Bonne question.

Ne pouvant y répondre, je lui en pose d'autres :

— En dehors du Tonton, avait-elle une autre liaison ?

— Son ex-mari Peter Mortimer, un Ricain qui travaille dans la production de films TV. Ils continuaient de se voir souvent.

— C'est tout ?

— Charly Genous, le comédien. Lui, il tourne dans des productions hard et il a un sexe monstrueux.

— Vous l'avez vu ?

— Comme je vous vois ! Mademoiselle lui téléphonait parfois quand son « coup de chaleur » la prenait et elle se faisait prendre par terre, devant moi ; dans ces cas-là, il lui fallait du public. Un après-midi elle m'a obligée d'aller chercher la gardienne de l'immeuble d'à côté, vous vous rendez compte ? Une Portugaise qui n'a pas cessé de se signer et de prier pendant toute la cérémonie ! Mais comme on lui avait donné cinq cents francs, elle est restée jusqu'au bout ! Cela dit, n'en déduisez pas que Mademoiselle est névrosée, simplement, comme elle le dit, elle a des « coups de chaleur ».

— Chacun ses problèmes ! philosophé-je.

— Exactement, admet-elle ; moi, c'est les bananes vertes.

Elle écrase son mégot de cigare dans un cendrier qui passait dans le quartier et je m'abstiens de lui demander de quelle manière elle consomme les bananes en question.

CHAPITROGNE

Peter Mortimer ressemble à un Américain comme une photo en gros plan de mon cul à mon cul. Malabar en costar nylon ultra-léger à rayures blanches sur fond azur, mâchoire carrée, teint brique, taches de rousserie, regard d'une indifférence morbide dans les tons pâles, il se dégage de sa personne une sensation d'extrême froideur à laquelle s'ajoute un profond mépris pour tout ce qui existe à droite du méridien de Greenwich.

Il me reçoit derrière une chiée d'appareils chargés de faciliter la vie des gens après une initiation longue et incertaine. Il lit ma carte en murmurant « Police judiciaire » du ton d'un homme qui cherche à se rappeler le nom d'une lotion after-shave. Puis une indication doit se préciser dans sa cervelle yankee car il murmure : « Je vois… » d'un ton lourd de sous-entendus inagréables pour moi.

— Des problèmes ? il demande du ton assuré de quelqu'un qui n'a rien à se reprocher à lui-même et tout à reprocher aux autres.

— Vous avez été marié à Thérèse Genitrix-Desqueyroux, comédienne ?

— Si peu et si mal ! Pourquoi ?

— Il semblerait qu'elle ait disparu.

— Vraiment ? En tout cas elle n'est pas chez moi.

— Malgré votre divorce, vous continuiez de la voir ?

— Il ne fallait pas ?

Le ton est rognard.

— Au contraire, je trouve ça sympa. Ce qui m'a toujours retenu de me marier, c'est la perspective de tomber sur une femme qui considérerait un jour notre divorce comme le début d'une vendetta. Donc, vous aviez conservé de bonnes relations avec elle ?

— Je lui verse une pension, pas très forte je le reconnais. Aux U.S.A., la chose m'aurait coûté plus cher. Comme cette fille a un tempérament de feu, elle m'appelle parfois pour assumer ce qu'elle nomme...

— Ses coups de chaleur ?

— Ah ! vous êtes au courant ?

J'ai marqué un point dans ce qui lui sert d'estime. Il ajoute :

— Thérèse a beaucoup, beaucoup de... Comment dit-on ?

— Tempérament ?

— Exact. Cela la prend par crises. Brusquement, elle stoppe ses occupations parce qu'il lui faut un homme ; un homme précis. Parfois c'est moi, parfois un de ses collègues, ou bien son médecin, voire son kinési. Il lui est même arrivé de faire monter un chauffeur de taxi qui la branchait. Quand j'ai découvert la chose, vous pensez bien que j'ai repris mes fringues et mon nom, puis changé d'appartement !

Il sourit.

— Un vrai numéro ! Ainsi, elle aurait disparu ?

— C'est ce qu'on dit des gens qui quittent leur domicile sans donner de leurs nouvelles.

— Elle est partie quand ?

— Environ deux mois.

— La domestique noire ne sait rien ?

— Fleur-de-mai ? Rien ! Elle l'attend en fumant des cigares gros comme votre poignet.

— Elle aussi, c'est quelqu'un de pas triste !

— A quand remonte le « dernier coup de chaleur » que vous avez eu à ventiler ?

Le verbe l'amuse, il dit :

— Vous êtes marrant, pour un flic.

— Il n'y a pas de contre-indication. Ma devise est celle des nains de Blanche-Neige : « siffler en travaillant ». Mais vous n'avez pas répondu à ma question : quand avez-vous « vu » votre ex-femme pour la dernière fois ?

Il réfléchit, puis se met à feuilleter son agenda à rebrousse-poil. Y consignerait-il ses coïts ? Il doit percevoir ma question car il me dit :

— A son dernier coup de chaleur, j'avais un acheteur japonais dans mon bureau et il a fallu que je le quitte.

— Ça pressait tant que ça ?

Il hoche la tête.

— Vous savez, les moments de frénésie de

Thérèse méritent d'être vécus. Ce qui se passe sur la moquette de son salon vaut le voyage et j'aurais flanqué le Nippon par la fenêtre s'il l'avait fallu. Chaque fois, c'est le coup du siècle. Elle est sublime dans le rut ! Bon, notre galipette remonte au 4 avril.

— Un peu plus de trois mois. Vous a-t-elle parlé d'un voyage qu'elle s'apprêtait à entreprendre ?

— Non.

— Vous a-t-elle parlé de « Tonton », un vieux type riche et maniéré qui devait avoir des bontés pour elle ?

— Non plus. Thérèse est très discrète à propos de sa vie privée, en dehors, bien sûr, de ses débordements, qui eux constituent des états de crise passagers.

— Pendant la période où vous avez été mariés, a-t-elle fait allusion à un endroit qu'elle aimait particulièrement ou qu'elle aurait souhaité connaître ?

— Oui : Paris.

— C'est une boutade ?

— Pas du tout : Thérèse est une petite provinciale fascinée par la capitale. A vingt ans, elle a lâché des études de droit à Bordeaux pour venir tenter l'aventure à Paris. Quand je lui parlais d'un séjour aux States, elle me répondait : « Vas-y tout seul, il m'est impossible de partir d'ici. » Paris était devenu son idéal, sa vie, son bonheur.

— Cependant, il manque deux valises dans son dressing, murmuré-je. Mais aucun vêtement, d'après Fleur-de-mai. Curieux voyage, avec bagages mais sans effets. Voyez-vous, Mister Mortimer, quelque chose ne tourne pas rond dans tout ça !

— On le dirait, admet le Ricain. A présent vous m'excuserez, mais j'ai un rendez-vous sur un tournage. Si vous apprenez du nouveau, vous voudrez bien me prévenir ?

— Comptez sur moi, fais-je en me levant.

Je lui tends la main. Il la regarde comme s'il ne se rappelait plus à quoi elle peut bien servir mais finit par y juxtaposer la sienne pour un *shake hands*.

— Le vieux Tonton dont vous parlez, vous le connaissez ? demande Mortimer.

— Tout à fait.

— C'est un type honnête ?

— Plus honnête que lui, il n'y a que le Seigneur, et encore, par moments je me pose des questions !

L'ayant laissé, je me rends du pas rapide de ma 600 SL chez Charly Genous, l'amant de queue épisodique de l'actrice disparue. A vrai dire, je n'espère pas grand-chose de ma visite, mais dans notre job il ne faut rien négliger.

L'homme habite une espèce de loft dans le quartier Saint-Antoine ; le local devait servir d'atelier à un tapissier car on l'a mal déblayé et il subsiste des pans de tentures, des carcasses de sièges de style, des liasses-échantillons flétries, tandis que le sol est jonché de clous à tête dorée, de petites semences perfides et de lambeaux d'étoffes. L'emménagement du « queutard professionnel » a consisté en l'apport de quelques meubles usuels et d'une quantité de posters le représentant à pied d'œuvre, forniquant avec des donzelles salopes au moyen d'un sexe qui, s'il ne marche pas complètement sur les brisées de celui de Bérurier, n'en reste pas moins hors des normes courantes.

La porte palière reste entrouverte, because un chat dont la caisse de sciure se trouve à l'extérieur du logement. Ainsi l'animal, un énorme angora castré qui me fait songer à Raymond Barre par son côté calme et gentil, peut-il aller de son coussin à ses latrines sans avoir à miauler de chiage.

Lors de mon accession à ce dernier étage d'un immeuble ventru et sale, démuni d'ascenseur, et dont les marches geignent aux semelles, je perçois un murmure de conversation : celle d'un couple mobilisé par un grave problème d'intendance. Ma vive intelligence, qui se situe nettement au-dessus du niveau de la mer, me permet de comprendre rapidement la teneur du débat.

J'explique. Charly Genous, que ses prestations sur vidéo surmènent et épuisent, n'a plus suffisamment de « mordant » pour satisfaire sa propre camarade d'existence. Elle en conçoit une légitime humeur et, afin d'écrémer son mec à bloc, lui ligote les testicules très serré avec un lacet de cuir. Une telle compression agit favorablement sur les parties de l'exténué, lequel récupère alors un regain de vigueur que sa partenaire met à profit. Seulement, le procédé engendre une souffrance difficilement tolérable contre laquelle Charly regimbe. Mais son brancard ne l'entend pas de cette chatte et renaude comme une crémière volée.

Elle exige son dû, la garce. Pendant l'opé, elle a branché une cassette de son julot : « Les Vampires de la volupté », et elle entend tourner son propre remake. Elle veut qu'il lui interprète les mêmes rock-saynètes que dans cette superproduc. Tout ! « Le Martyre de saint Sébastien », « Fantomas empétarde Juve », « La Tzarine perverse », « L'Aiglon suce Flambeau », « Les Vendredi de Robinson », « Le Coolie automate », « Le Cul racé de mon pote Eskine », « Trois zobs et un boudin », « Un Doigt de cour côté jardin », « La Canule des rêves », « La Motte que l'abbé fourrait », tout, te dis-je, elle réclame cette goulue du nom d'Hortense. Et quand, dans le film, la queue de son homme fait craquer les fines crénelures d'un muscle annulaire, elle en veut autant pour elle, stoïque amante capable de sacrifier la fermeté de ses sphincters à une passionnelle reconstitution. Ô sublime femme qui ne tolère le partage que s'il est équitable !

Et donc bandant mal pour trop avoir bandé, copulé, éjaculé, le dénommé Charly Genous, petit homme velu et sans autre signe distinctif qu'un sexe plantureux à tête mycologique, proteste qu'on lui meurtrisse les couilles, comme on torture le tronc de l'hévéa pour en faire couler sa sève. Il objecte que ses demoiselles d'Avignon sont violacées par le lacet, qu'il en résultera une avarie capable de faire chuter sa carrière de comédien hard et que, privé de sa pine gagne-pain, il ne lui restera plus que la ressource de traîner ses meurtrissures en des bureaux de demandes d'emploi où, systématiquement, les queues pendent de désespoir ; oui, il prophétise cela, le pauvre bougre. Seulement, la dévorante reste insensible aux arguments. Elle veut la bistoune professionnelle de Charly, partout où il l'a placée à l'intérieur de dames passives qui font métier de jouir dès qu'un brouilleur de culs a crié « Moteur ».

Las de guigner, je suis entré et me suis assis sur un pouf (Hortense le fait sur un paf). Le gros chat vient se frotter à moi en ronronnant de bienvenue. Les coïts de ses maîtres le laissent indifférent, ce pour deux raisons aussi valables l'une que l'autre : primo parce qu'il est chat, secundo parce qu'il est castré. Chacun sa merde !

Nous attendons. Le couple suit le canevas que constitue la cassette en cours de projection.

Elle commande, l'officière :

— Là, tu me prends en levrette en me caressant le clito de la main droite. Avec la gauche tu me fais un bout de sein !

— J'y arrive pas !

— Tu l'as bien fait à Lucette Elseneur !

— Elle est plus petite que toi !

— C'est juste, admet l'irascible, alors laisse tomber le sein !

Le brave s'active. On peut croire que la carburation s'opère bien, l'Hortense copie ses plaintes de bonheur sur celles de la dénommée Lucette. Les deux font aussi bidon l'une que l'autre. Puis, soudain, un cri :

— Mais tu dégodes !

Terrassé par le sort, Charly reprend son pénis et

s'assoit sur le bord du lit. Il m'aperçoit, mais étant habitué à baiser devant une équipe de techniciens blasés, il me salue d'un hochement de tête.

Mieux : il me prend à témoin.

— Ecoutez, me fait-il, aujourd'hui on a tourné la scène du viol dans « Les Uhlans de l'amour ». Il y a eu besoin de seize prises ! Ensuite on est passé à mon éjaculation en gros plan sur la gueule du commandant allemand. La pointe de son casque me rentrait dans l'oigne ; charmant, non ? Ce con était prognathe et son putain de menton masquait mon lâcher de ballons à l'objectif ; alors quatre prises avant que le metteur soit satisfait. Vous imaginez la marchandise perdue ? Mon confrère qui jouait le boche semblait avoir pris une tarte à la crème en pleine poire ! Notez que c'en était que plus impressionnant ! N'empêche que je suis fourbu, moi. Et ma souris qui s'en ressent ! Qui m'arrête la circulation dans les burnes pour me faire triquer ! C'est plus une vie !

La fille, qui se fignolait un solo compensatoire à la cithare pileuse, en continuant de visionner la bande (si j'ose dire) où son Casanova prodigue avec grâce, force et souplesse ce qu'il n'est plus en mesure de lui accorder, finit par bredouiller :

— Mais à qui est-ce tu causes, Charly ?

— Monsieur, il répond.

Elle défigue les deux doigts qui tisonnaient ses envies.

— C'est à quel sujet ? me demande-t-elle en les portant machinalement à son nez pour un rapide contrôle d'identité.

— Les Productions du Grand Orgasme me chargent de contacter M. Genous pour le premier rôle d'un film. Comme il y a des séquences de zoophilie, nous tenions à savoir ce qu'il en pensait avant d'entreprendre les pourparlers.

— Ça dépend avec quel animal, répond ce mâle en provisoire défaillance.

— Une chèvre ; on tourne « La Chèvre de M. Seguin » en version hard. Vous jouez Seguin et vous êtes amoureux de Blanchette.

— Alors c'est O.K. ! Je me rappelle un film où je devais me faire une guenon ; la salope m'a griffé les baloches et refilé une maladie qui m'a éloigné pendant deux mois des studios !

— Vous faites un métier difficile.

Il surveille le départ de sa gonzesse qui va se terminer en une pièce plus tranquille.

— Cette connasse ne comprend pas que, lorsque je rentre à la maison, j'ai le cul en horreur et que je ne demande plus qu'à regarder ma télé après un bon bain à l'O.Ba.O.

Il ouvre grand la bouche, farfouille dedans avec ses doigts et ramène un poil noir en tire-bouchon.

— Si je vous disais que j'ai beau me les brosser, il me reste constamment des poils de cul entre les dents. Je plains les gouines.

— Outre les films, je crois savoir que vous faites des extras dans le privé ?

Il s'affole :

— Taisez-vous, malheureux ! Si ma rombiasse l'apprenait on irait droit à l'apocalypse. Comment le savez-vous ?

— Par Thérèse Genitrix qui est une copine !

— La salope ! Je lui avais bien dit que c'était top secret.

— A vrai dire c'est sa femme de chambre noire qui m'a confié la chose.

Il maugrée des trucs racistes qu'il a dû lire dans *Mon Combat* de Jean-Marie La Gâche.

— C'est une rapide, la Thérèse, fais-je d'un air informé.

— Un cas ! rectifie Genous. Quand elle a décidé de s'offrir un paf, c'est de l'immédiatement ! Faut tout lâcher pour éteindre la Miss.

— Elle paie bien ?

— Avec ce qu'elle gagne, mon cachet est minable. Une fois, il a même fallu que je lui fasse crédit. Baiser à kroum, de quoi ai-je l'air ? Une répute se défait vite dans ces conditions. Vaut carrément mieux offrir sa giclée, c'est plus classe !

« Souvent, je lui dis de venir avec nous dans le « X » ; mais elle se gêne à cause de sa culotte de cheval. Qu'est-ce que ça peut foutre ? Au contraire, dans notre boulot, comme je me tue à le répéter à la production, on a tort de ne sélectionner que du produit qualifié ; c'est banal. Imaginez une grosse radasse bourrée de graisse et de cellulite ou une mocheté anguleuse avec un bec-de-lièvre et du strabisme à s'en faire jaillir les lotos, le dégât que ça ferait ! Là, oui, ça exciterait les populations ! Un gros tas de cent vingt kilos en train de me pomper le zigomar ou de danser dessus ? Mais ces cons ne veulent pas m'écouter. Avec eux, c'est toujours la blonde platinée perverse, en bas-résille, qui lèche le frifri de sa copine avant de prendre le panais d'un cadre supérieur qui sort un godemiché de son attaché-case pour lui électriser l'œil de bronze en même temps... Ça n'intéresserait pas votre maison, vous, un porno tourné par des affreux, des sordides, des stropiats ? Bon Dieu : un cul-de-jatte qui tire une bossue ça ferait fureur, ne me dites pas ! »

J'en conviens. Seulement comme je ne suis pas venu discuter les orientations possibles du film hard, je ramène le sujet sur Thérèse Genitrix.

— Vous êtes très pote avec Thérèse ?

— Celle qui crie quand on la baise ? plaisante le besogneux du membre. Vous pensez, on s'est connus au Conservatoire. J'étais en classe de tragédie. Je faisais un malheur dans *Britannicus,* elle dans Musset et Marivaux. Elle jouait les soubrettes acides. Nous nous destinions au *Français.* Et puis, la vie...

Il considère ses sacoches toujours violacées.

— Abîmer un homme pour assouvir un caprice, je vous jure. En voilà une, si nous n'avions pas un chat ensemble, comment je lui donnerais son sac !

— Elle est riche, Thérèse, puisqu'elle peut s'offrir une femme de chambre ?

— Oh ! son ex doit lui verser une petite pension ; il est américain, donc un peu con. Et puis je sais qu'elle éponge quelques vieux veufs, de temps en temps. Quand ses fonds sont en baisse, elle s'habille en noir et fait les cimetières. Il lui arrive de repérer un croquant devant une tombe fraîche : une ganache recueillie sur le sarcophage de sa disparue. Alors elle joue *la Dame aux camélias.*

« Son triomphe, c'est le malaise, la défaillance causée par un récent chagrin. Elle titube, est obligée de s'asseoir sur un caveau. Le dabe s'empresse et le coup est engrené ! Un vieux crabe de soixante-dix balais qui peut encore secourir une jolie jeune femme, ça se cueille d'une main, comme une poire mûre. Thérèse veille à draguer dans les cimetières huppés des quartiers huppés ; vous vous doutez bien qu'elle n'écume pas La Courneuve ou le Kremlin-Bicêtre ! »

— C'est une fille avisée.

— Elle a du chou ! complète Charly Genous.

CHAPITRICHE

La voix me paraissait venir d'une autre planète. Il existait entre les questions et les réponses un intervalle qui ôtait tout rythme à la conversation. Des années que je ne l'avais pas entendue, Cynthia, la fille unique du Vieux. Il l'avait eue d'une épouse américaine qui s'était cassée avec un chanteur italien, lui laissant une réelle beauté sur les bras. Ne me souviens plus dans lequel de mes polars je cause d'elle ; le temps sclérose la mémoire comme la prostate tes mictions. Je me rappelle en tout cas l'avoir baisée avec véhémence et combien elle en était éblouie du frifri ensuite. A son tour, elle avait largué Achille pour suivre je ne sais qui, je ne sais où. Les gonzesses sont ainsi, semblables aux chats qui te ronronnent sur la bite et qui, brusquement s'en vont pour répondre à un appel étrange venu d'ailleurs.

A cause d'une carte de Noël que, par foucade, elle m'avait adressée de Rio, quelques années auparavant, j'ai pu l'atteindre. De ce côté, notre service « étranger » fonctionne bien.

Elle a contracté l'accent portugalo-brésilien, la

chérie. Il me fait songer à celui de notre toute nouvelle bonne.

— Tonio chériiii ! Quelle merveilleuse surprise. Où en êtes-vous de la magnifique carrière ? Toujours commissaire ?

— Non. J'ai remplacé votre papa à la tête de la boutique.

Je m'abstiens de lui dire que ça ne va pas durer ; au moment où je mets sous presse, je suis toujours « Môssieur le directeur ». Et puis je me dis que si la jolie ignorait ma promotion, c'est qu'elle n'échange pas une correspondance très suivie avec son dabe.

— Mais c'est merveilleux ! Et lui, que fait-il ?

— Il vit l'âge cruel de la retraite. Vous êtes sans nouvelles de papa ?

— Nos rapports se sont distendus à partir du jour où il a refusé de participer financièrement à la création de ma boutique de mode. Il a eu tort : elle marche à bloc.

— Le fric est un poison, réponds-je. Je me félicite de ne pas être riche. Je dépense ce que je gagne parce que j'ai un grand sens moral ; rien n'est plus sinistre que de thésauriser. Cela dit, vous n'avez aucune nouvelle de votre géniteur ?

— Mon quoi ?

— Votre procréateur, synonymé-je.

Son français prend de la gîte au pied du Corcovado.

— Non. Pourquoi ? Il a disparu ?

— Un peu. Il a quitté son cher hôtel particulier voici deux mois et personne ne l'a revu depuis.

— Une femme ? demande Cynthia sans s'émouvoir.

— En effet, et qui s'est évaporée également. J'ai flanqué Interpol sur le coup, mais ça ne donne rien. Pour tout vous dire, chérie, je suis sérieusement inquiet.

— Moi pas, répond l'insouciante. Il va revenir de quelque lune de miel, de mauvais poil et la queue basse après s'être aperçu que la fille en voulait davantage à son fric qu'à son charme.

Elle tient de sa folingue de mère, la belle ! Les pattounes posées bien à plat sur la planète Terre, soucieuse d'elle, de son cul, de ses affaires.

— Toujours le même Casanova ? elle pouffe.

— Avec une ride de plus près des yeux.

— Il y a deux ans, j'ai lu dans un hebdo polisson français que vous aviez couché avec au moins cinq mille femmes !

— C'était il y a deux ans, réponds-je, le chiffre a changé. Et pour vous, chérie, la vie amoureuse est aussi fringante que la vie professionnelle ?

— J'ai épousé un homme beau et fortuné qui fait l'amour avec brio.

— Tous mes compliments. Il y a longtemps ?

— Deux mois.

J'espère pour elle que le mec en question tiendra le coup jusqu'aux fêtes de fin d'année.

— Faudra-t-il vous donner des nouvelles d'Achille quand j'en aurai ?

— Donnez-moi plutôt des vôtres, elles m'intéresseront davantage.

Tu vois : c'est bon d'avoir des enfants.

Avant de raccrocher, je lui chuchote quelques saloperies de circonstance, comme quoi je la fourre moralement, par-devant et par-derrière, après lui avoir brouté la touffe. Elle rit.

A l'instant où je vais interrompre la communication, elle égosille :

— Antoi oi oine !

— Présent !

— Avez-vous vérifié à la banque de papa s'il a retiré de l'argent avant de disparaître ?

J'achève de raccrocher. Elle ne prétend pas m'apprendre mon boulot, cette pouffe de luxe !

Pourtant, faut que je te fasse un navet, pardon : un aveu. Non, je n'ai rien vérifié de tel.

*
**

Le fondé de pouvoir de cette banque privée qui gère les piastres d'Achille déteste qu'on vienne mettre son grain de nez dans le sel de ses clilles. C'est un peu le système suissaga, à la Duchnock Incorporated Bank of Singapore. Pas touche ! Passez votre chemin ! J'excipe de ma qualité de directeur de la Police s'occupant personnellement de la disparition d'un autre directeur en retraite ; fais valoir que si j'agis seul c'est, justement, pour éviter toute indiscrétion ; menace un brin, sans avoir l'air d'y toucher, bref agis avec une telle diplomatie que Misteur Pognozoff commence à réfléchir, puis finit par fléchir. Il s'éclipse. Revient avec un petit papelard anonyme comportant une somme rédigée par l'imprimante d'un ordinateur.

— Son dernier retrait qui remonte au 8 avril, chuchote ce bénédictin.

Pudique, il n'énonce pas la chose, préfère me la faire lire.

Ce dont.

Vingt-cinq mille francs !

J'ai le cortex qui fléchit. Tu veux qu'il aille où, Chilou, avec une somme pareille ! C'est pas avec vingt-cinq laxatifs qu'il a payé un tour du monde à la môme Thérèse, ni même qu'il a pu lui faire visiter Montauban dans de bonnes conditions !

Je remercie l'effondré-de-pouvoir, pour me retirer dans mon domaine de la Tour Pointue !

Maintenant, je chocotte pour de bon au sujet du Vieux.

CHAPINARD

Grosse surprise (ou petite stupeur) : on me dit que Bérurier est au stand de tir. Curieux que ce flingueur d'élite éprouve le besoin de peaufiner son adresse. Je décide de me rendre sur place pour admirer ses prouesses.

Je trouve Pinaud, à l'entrée de la salle, les mains sur les baffles pour protéger du vacarme ses tympans déjà lézardés par l'âge et les intempéries (engendreuses d'otites).

A l'arrière-plan, sur la ligne de feu : Bérurier-le-Gros, un casque insonorisant sur les étagères à mégots, et son vieux feutre par-dessus, cartonne une cible noire à forme humaine.

Pinaud me crie des choses que je ne perçois pas. Ce qui me trouble, c'est que le Mastard, au lieu de grouper ses quetsches dans la région du cœur, les disperse au niveau de la taille, soit à gauche, soit à droite.

Aurait-il à ce point perdu la pogne ? Manque d'entraînement ? Excès de beaujolais-village ? Il vide son chargeur, se déconcentre et rit large comme la pleine lune.

— J'croive qu'ça va aller ! assure-t-il. Tiens, le grand ! Tu tombes à pic !

On se *shake* les *hands* et Mister Messire rengaine sa rapière.

— Tu prépares un numéro pour le Gala de la Police, Sacame ?

— Non. J'm' bats en duel dans deux plombes ; tu vas z'êt' mon témoin av'c Pinauderche.

— Toi, en duel ?

— Testuel ?

— Et contre qui ?

— L'brigadier-chef Mortelas dont j'lu ai baisé sa femme. C' con-là a rentré chez lui juste que je tirais sa Louisette en levrette dans leur cuisine. C'est sa s'conde bergère, la première l'ayant quitté pour un épicier italien, alors il y tient. La Louisette, un vrai régal. Son seul défaut, c'est qu'elle est étroite de la foufoune. On l'a entendu rappliquer, l'Enflure, s'l'ment impossib' de déculer ! Comme des clébards, tu mords l'topo ? J'avais beau tirerer comme un éperdu, impossib' d' m'espatrier le joufflu. T'aurais maté la frime à Mortelas ! Ah ! il manquait d'air, ce vaniteux.

« Tu sais qu'on l'appelle Gringrin, dans l'service, tant tellement qu'il est grincheux, ce veau. Il a voulu m'voler dans les plumes, mais malgré qu'j' fussasse uni à sa guêpe, j'l'ai contré d'un coup d' boule dans la boîte à dominos, c' qui l'a fait glavioter quatre ratiches, dont deux en or qu'il est très fier. Alors il a pétrigné... »

— Pardon ? coupé-je.

— Trépigné, traduit Pinuche qui comprend mieux que moi le dialecte béruréen.

L'orateur poursuit :

— Y gueulait : « Sors de ma femme tout d'sute ! Sors d'Louisette, sinon je t'envoye un' balle dans la peau ! »

« — Calmos ! j'lu aye répondu, attends qu'ma bite dégonfle ! Bien sûr, si j'avais, au lieu de c'gourdin, un chipolata comme toi, d'après c'que m'a informé Louisette, ce serait déjà fait ! »

« — J'm' d'mande ce qui m'retient de te tuer ! » il a fait.

« — Moive, j'sais, Gringrin : c'est les assiettes ! Tu défères en cour d'assises et ta brillante carrière part en béchamel. »

« Pendant ce bavardage, Coquette résignait. Lu faire lâcher l'morcif sans qu'elle eusse largué sa soupe aux pointes d'asperges, c'est duraille. Enfin j'm' l'aye récupérée saine et sauf. Quand il a vu l'ampleur d'la bestiole, Mortelas s'est effondré.

« — T'as pris tout ça dans les miches ? » il sanglotait à sa gerce.

« Elle a tombé su' le pétesque :

« — J'voulais juste voir si ça pouvait tenir, Jules ; une simple curiosité féminine, très légitime, tu comprends ? »

« Là-dessus je m'ai barré. J'croiliais l'incident close, et quelle est pas ma surprise, l'lend'main, de r'cevoir la visite de l'officier d'police Lalurette pour v'nir m'annoncer qu' Mortelas m'provoquait en duel. Y s'croive r'venu au temps d'l'étroit mousquetaire, ce nœud ! Bon, faut qu'on y va : ça se passe dans une carrière désinfectée, près d'Poissy. »

— Merde ! bondis-je, vous n'allez pas vous vous entre-tuer pour un coup de queue ! Je vous l'interdis !

Bérurier s'assombrit.

— J'regrette, Antoine, s'agit d'une affaire de d'honneur qu'l'service et l'administration n'a rien à voir. Si tu empêcherais c'duel d'accomplir, c'tenculé prétendrererait qu' j'm'ai dégonflé. En route !

***

La carrière en question est vaste, son gisement épuisé. C'est un lieu sans guère d'utilité désormais, où l'on reconstitue la cordillère des Andes pour des productions « B ». On se sert même de l'ancienne cabane à outils pour la transformer en poste de douane sud-américain, ou en résidence de shérif. N'empêche que l'impression qui domine ici est de solitude, malgré les grondements de l'autoroute de l'Ouest et les sifflets de trains.

Un soleil frimeur arrose cet univers blanc, sa réverbération est dure. « Ces messieurs » sont déjà là : le cocu, en bras de chemise, ses deux témoins en blouson. Les trois poussent des gueules sinistrées en me voyant débarquer.

— C'est bon pour moi, murmure le Gros. Tu lui fous les chocottes, à cet emplâtre de merde, sa paluche va sucrer !

Moi, j'imperturbe. Serre les mains, déclare que mes fonctions ne doivent pas être prises en considération et que je viens en simple qualité de témoin du Gros. J'ajoute que je tiens les deux duellistes pour des collaborateurs de qualité et les exhorte à ne pas viser des points vitaux de leurs personnes. Les outrages peuvent se laver dans le sang, mais ne doivent pas s'essuyer ensuite dans un linceul. La phrase est belle ; elle les émeut.

Bérurier tombe la veste à son tour, la confie à Pinaud. L'officier de police Lalurette et son collègue Mangezan (il est d'origine arménoche) comptent quinze pas et marquent chaque extrémité de cette distance d'un petit monticule de cailloux.

Comme, tacitement, on me laisse présider le duel, j'engage les deux hommes à se placer dos à dos comme il est d'usage, ensuite à marcher chacun vers son tas de pierres, à se retourner après l'avoir atteint et à faire feu à deux reprises ; pour éviter tout geste fatal, nous avons veillé à ce qu'il n'y ait que deux balles dans chaque arme.

— Partez, messieurs ! fais-je, la gorge serrée par une légitime appréhension (une balle perdue est si vite arrivée !).

Ils partent, la démarche lourde, le visage fermé, l'anus hermétique.

Instant solennel.

Nos six cœurs de cognes cognent à toute pompe.

Le brigadier-chef Mortelas, plus grand que Béru, donc aux enjambées plus longues, atteint le premier sa marque. Il se retourne, tend son bras et, gentleman, attend que son adversaire se mette en place.

Le Mammouth se met en position et lance :

— J't' laisse l'honneur, Jules ; n'après tout, c'est toi l'cocu !

Fouetté par l'invite, le Gringrin vise.

Moment d'extrême tension. J'ai omis de te décrire le brigadier-chef, sauf pour te dire qu'il est très grand et que son corps a la forme d'une bouteille Perrier. Il chausse du 52, ses cheveux sont couleur poil-de-vache-sur-lesquels-la-vache-aurait-beaucoup-pissé, coiffé à la Bourvil (du début de carrière) ; le nez est camard, les pommettes enfoncées, les yeux sans cils, ce qui le fait ressembler soit à un canard, soit à Niky Lauda après son terrible accident. Il achète des costards chez un spécialiste des obèses, non qu'il ait un embonpoint excessif, mais sa taille l'exige ; il s'ensuit que ses fringues flottent sur son corps de géant au rabais, ce qui l'oblige à porter des bretelles.

Tel est l'homme qui, dans une fraction de seconde va peut-être tuer Béru, ou être tué par lui.

Le Gros est d'un stoïcisme démentiel. Lui, le danger, connaît pas. Il est si sûr de sa bonne étoile qu'il garderait espoir devant un peloton d'exécution chinois.

Gringrin n'en finit pas de viser.

— T'es sûr d'fermer l' bon œil ? rigole Alexandre-Benoît.

Poum !

Le chapeau du Gros choit dans la caillasse. Sa Majesté porte la main sur le sommet de son crâne où se lit une entaille qui ne va pas tarder à saigner.

— C'est ça qu't'appelles éviter les parties vitables ? lance notre pote d'une voix à la fois surprise et mécontente.

Poum ! répond le cornard.

Cette fois la balle a raté carrément l'objectif.

— Tu biches la nervouze, grand ! assure Béru. Bon, à moi, 'aint'nant.

Il parcimonieuse pas avec ses valdas, lui. Les tire presque simultanément : Pan pan !

— Raté ! se réjouit Mortelas, livide.

Il se tait, because des conséquences vraiment imprévues. Toi qui me connais, t'avais déjà compris parce que je suis d'une intelligence phénoménale et que je sais fournir à mon lecteur les détails préalables qui facilitent sa digestion. Eh bien oui, Bazu : les deux bastos du Dodu ont fait sauter les deux boucles avant des bretelles de Jules, si bien que son bénouze trop large, aux poches lestées d'objets multiples et lourds, vient de lui tomber sur les godasses.

Et la maigre société que nous formons se tord de rire, vu que le brigadier-chef porte, en guise de slip, une chose grisâtre, loqueteuse et informe. Tu sais, les vieilles pendules à balancier ? Elles comportent deux poids : l'un qui agit sur le mécanisme de l'heure, l'autre sur celui de la sonnerie. Généralement, celui de l'heure est beaucoup plus bas que son homologue de la sonnerie. Figure-toi qu'il en va de même des roustons de Mortelas. Son couillon gauche, qui eut probablement maille à partir avec une orchite dans le passé, lui tombe aux genoux, alors que le faux jumeau de ce dernier demeure blotti contre le tableau d'affichage. Et il a la dimension d'une cerise.

Par la large ouverture du créneau à zizi, on aperçoit une sorte de petit mégot de bite, à peine plus fort qu'un gnocchi, orphelin et recroquevillé dans un reliquat de prépuce.

Ainsi, le brigadier-chef Mortelas est mort, car le ridicule tue !

Intraitable, Bérurier lui porte l'estocade :

— Quand j'voye ta panoplie, Gringrin, j'm' dis qu'c'est pas l'amour qu' j'aye faite à ta femme, mais la charité !

Nous prenons rapidement congé de nos confrères pour aller galimafrer dans une auberge des environs de Houdan.

⁂

— Il a la tige [1], ce tordu, grommelle le Gros en passant un doigt dans le trou de son chapeau. Un bitos de pas douze ans, qu'j'avais acheté pour fêter l'enterrement à ma belle-sœur, l'infirme. Vous croiliez qu' c'est réparab' ?

— Pourquoi le ferais-tu réparer ? objecté-je. C'est un couvre-chef de gloire, mon chou. Crois-tu que beaucoup de flics peuvent se promener coiffés d'un galure traversé par une balle ?

— C'est vrai, convient spontanément Eléphantman. On va m' prend' pour un n'héros.

Et le voilà rasséréné !

1. Pour « il attige », probablement.

C'est en consommant une fricassée de poulet au vin blanc que je mets mes deux assesseurs au courant de ce que, in petto, je nomme : « l'affaire Chilou ».

Elle les passionne chiément. Le Vieux ! L'Inoubliable ! Son crâne brillant comme, la nuit, un projecteur de défense antiaérienne ! Ses phrases sèches, son œil de glace. Et puis ses emportements qui n'en finissent pas, comme les spaghettis que tu tortilles autour de ta fourchette et qui continuent de sortir de l'assiette !

Ayant achevé le récit succinct se rapportant au couple Achille-Thérèse, Pinaud le résume :

— La gonzesse part avec deux valises, sans rien emporter. Le dirlo retire 25 000 francs de sa banque, quelques jours avant de disparaître, et sa fille qui vit au Brésil est sans nouvelles de lui depuis des années. Pas de trace d'eux dans les agences de voyages, les réservations aériennes, les gares. La voiture d'Achille est dans son garage.

Bérurier torche le plat vide à l'aide d'un kilo de pain, pousse le tout avec du côtes-du-rhône-qui-se-laisse-faire et déclare :

— Si tu n'y verrerais pas d'inconvénient, grand, je vais aller faire le 22 chez la gonzesse. Y a sûr'ment des trucs à apprend'.

— A ta guise !

— Comme disait l'duc ? plaisante ce parfait humoriste.

Pinuche demande :

— Tu as fait placer le téléphone du directeur sur écoutes ?

— Bien entendu.

Il me prend pour qui, ce vieux con ? Pour quoi ? Pour qu'est-ce ?

— Reste plus que les avis de recherche, émet encore l'Epluchure-de-bananes.

— Le ministre s'y oppose fermement. Il prétend que ça la foutrait mal pour l'ancien grand patron de la Rousse et que nous devons être assez grands pour le retrouver sans cela.

— Il a raison ! décrète Sac-à-chose. D'quoi t'est-ce-t-il qu'on aurait l'air. J'voye d'ici la formule : « Cherchons not' papa désespérément. Les perdreaux de France. »

— Ce qu'on ne peut faire pour Achille, on peut le faire pour la gonzesse, qui elle est inconnue, rectifie le Déglingué.

Il a raison. Mais comme cette histoire sent bizarre !

CHAPIROGUE

Deux jours plus tard, nous sommes toujours au point zéro. Le ministre me fait venir et, tout de go, me demande ma démission. Fauṭe du Vieux, il nomme un préfet à ma place et me délivre le titre (est-ce une promo ?) de « Secrétaire d'Etat chargé des Services spéciaux » ; ce, à l'initiative du président de la République. Je suis chargé de composer ledit service dans la journée et de lui communiquer la liste de mes collaborateurs en fin d'après-midi.

Il a sa frime équivoque des mauvais jours, celle où la goguenardise et la réprobation font bon ménage avec, sous-jacent, un rien d'intérêt. Très bulldog en train de se demander s'il va te planter ses crochets dans le fion ou dans le cuissot.

Il ajoute, comme un qui rote une andouillette pas fraîche :

— La disparition de votre doublement ex-homologue commence à se savoir dans les coulisses, vous m'obligeriez en la résolvant dans les quarante-huit heures.

Je lui rétorquerais bien que « plus facile à dire

qu'à faire », mais il vaut mieux garder l'échine souple comme un mocassin italien.

Pour la première fois peut-être de ma carrière, je me sens vide ; pire : incapable. Tu m'entends, Armand ? In-ca-pable. Ça me flanque une espèce de vertige interne. Je vais m'écrouler à l'intérieur de mon enveloppe charnelle. Imploser, quoi ! Est-ce à cause de ce remaniement ? De cette destitution faussement compensée par un gros gâteau à base de chantilly ? Est-ce à cause de mon inefficacité à retrouver Chilou ?

Je suis un vieux préservatif qui a servi et qu'on a balancé par la fenêtre. J'en ai reçu un sur la gueule, une nuit, en déambulant dans un quartier bourgeois plein d'ombres et de soupirs. Il s'est écrasé sur mon épaule, puis sur le trottoir. J'ai crié « Assassin ! » à celui qui, contrevenant aux vœux du Saint-Père, se défaisait bassement de sa progéniture en devenir.

Oui, je suis une capote enfoutraillée, inutilisable et dégueulasse. Besoin de me cacher ! La formation de ma nouvelle équipe ? Zob ! Qui veux-tu que je choisisse en dehors de Béru, Pinuche et M. Blanc ? Quelques autres collègues moins comme les autres, tels que le commissaire Honnisoit où le petit Machintruc dont je ne me rappelle plus le blase et qui me fut si utile dans je ne sais plus quelle enquête ?

En fait, tu sais quoi ? J'ai besoin de me foutre le nez dans le cul, afin de laisser passer cette défaillance. Pour faire ça, une seule adresse : la mienne, que disait le cher Francis Blanche qui avait autant d'esprit qu'il buvait de Pernod sec.

Le hic c'est que m'man est dans le fin fond des Ardèches chez une sœur de papa en train de larguer la rampe. Accompagnatrice de rêve pour ceux du grand voyage, Félicie. Elle sait moribonder avec tact et gentillesse. Canner entre ses bras est un bonheur, maman.

Baisser le store en ayant son beau regard plongé sur tes adieux est le plus grand des réconforts. C'est une grâce du ciel auquel elle sert d'intermédiaire. Passeuse d'âmes ! Tu saisis ? Sa main, ses yeux, sa voix de bonté. Qui donc un jour pourra lui revaloir ça ? Moi, tu crois ? Je le voudrais tellement. J'ai toujours la crainte, au cours de mes tribulations lointaines, qu'une vacherie lui tombe dessus en mon absence.

Je rentre à Saint-Cloud malgré la maison vide et qu'il fasse matin. J'ai dormi au studio contigu à mon bureau, la nuit passée. Mon presque ex-bureau, devrais-je dire. La vie est un malaxage. On est touillé dans le grand mixer. Ça n'arrête pas : les gens, les lieux, les sentiments... Un jour ici, le lendemain là-bas. On fait semblant de trouver la chose normale, de s'y complaire. Mais tu ne m'ôteras pas de l'idée que la véritable existence, c'est celle du paysan, né dans la maison ancestrale, cultivant les champs qui l'entourent, et puis mourant dans le plumard où il est né, après s'être acheté une bagnole et la téloche.

La nôtre, de maison, elle semble déjà à l'abandon. Il a suffi de quelques jours pour lui donner cet aspect mélanco. Un chien que tu quittes te fait la gueule quand tu reviens, un pavillon de meulière également.

Si je te disais : la grille grince déjà ! La vigne de notre tonnelle, bien que ne se plaisant pas beaucoup dans la région parisienne, exubère ; les grappes sont déjà formées, avec des graines vertes pas plus grosses que des têtes d'épingles. Quelques herbages fous guignent notre petit perron.

J'entre. Odeur de renfermé. Je respire à fond : celle de m'man est toujours présente.

Les souvenirs, c'est comme une boîte de biscuits moisis retrouvée dans un placard. Tu te crois obligé d'en grignoter un et de le trouver bon, mais en réalité il a un goût de rance.

Malgré le soleil, une lumière feutrée éclaire les pièces. Je me rends à la cuisine qui est à ma Féloche ce que la dunette est au commandant d'un navire. Je trouve des boîtes de jambonneau et j'en ouvre une. Je pioche dedans avec une fourchette. Savoureux ; c'est mon vieux Sarda qui me les envoie. Gelée poivrée. Pas de pain. La flemme de descendre à la cave et d'entamer une boutanche de picroche. Une rasade de porto, bue à la bouteille me suffit.

Je me dis brusquement qu'il va se passer quelque chose, que c'est imminent. Je reçois des avertissements de ce genre, parfois. Prémonition. Quand t'es un surabondant de la gamberge, faut s'y attendre.

Effectivement, voilà le biniou solitaire et glacé qui retentit. Incongru ! Sa sonnerie n'est plus la même. Il y a en elle comme un épuisement. Elle a sûrement beaucoup retenti dans le pavillon vide et devient aphone.

Je m'approche de l'appareil en louvoyant un peu. Tu paries que c'est m'man qui m'apprend le décès de sa belle-sœur ? Elle va me demander timidement si « Par hasard, sans trop perturber ma vie professionnelle, je peux me rendre à ses obsèques. Que tante Maryse est tout de même la demi-sœur de papa », tout ça. Et moi, insoucieux d'aller me plumer la prostate dans une église de village à laquelle on accède par un chemin dont je fais cadeau à tes pneus à toi, de lui répondre « Qu'hélas, maman, on ne sait plus où donner de la tête à la Grande Taule, au point que je suis contraint de dormir au bureau, tu me comprends ? » Et elle comprendra son fumier de fils, la pauvrette, parce que son existence c'est ça : tout « comprendre » et donc tout accepter de moi !

Je dégoupille.

— Oui ?

Y en a des chiées qui, en décrochant, soit se nomment et attendent, soit disent « Allô ? » Souvent, moi, je fais « Oui ? », comme à quelqu'un qui m'interpelle.

Une voix qui n'est pas de maman. Une voix tout juste audible : si pâle qu'il faut écarquiller ses tympans pour la capter. Je la reconnais nonobstant et alors le ciel me tombe sur la tronche.

Celle du Vieux !

Tu me reçois cinq sur cinq, l'aminche ? Le Dabe ! Le Tondu ! Chilou ! L'homme qui, présentement me délabre le mental. C'est pas à hurler que j'aie eu besoin de rentrer chez moi à ce moment-là ? Tu y crois, maintenant, à mes pressentiments, Face d'ombre ?

— Boss ! exclamé-je. Mais où diable êtes-vous ?

— Je ne sais pas, répond le Gaufré.

Sa cervelle est en rémoulade ou quoi ? Pas savoir où il est alors qu'il me téléphone de l'endroit en question !

— Mais d'où appelez-vous ?

— De Paris, puisque je vous ai eu sans préfixe.

— Il n'y a pas de numéro sur le poste dont vous vous servez ?

— Non.

— Attendez : je cours au téléphone de ma bagnole pour demander qu'on mette le mien sur écoutes, ainsi on pourra vous repérer.

— Faites vite, c'est un miracle que j'aie pu appeler.

Je pose le combiné avec précaution et m'élance. J'exécute des enjambées de trois mètres. Mon cœur bat la chamalière, comme dit Giscard. Un rush de sentiments haletants, confus, envahit ma coupole. Dans quel triste état il semble être, mon Charles Quint à la retraite ! Un homme de sa qualité !

Je cigogne mon turlu. Putain, c'est long pour obtenir les services compétents. Je me dis que j'aurais dû tenter de réformer un peu cette pagaille pendant mon « règne ». Mais les refontes administratives sont des utopies qui capotent toujours. Des nouveaux se pointent, manches retroussées, l'air important, pour s'atteler à la tâche. Un mois plus tard, tu les retrouves en veston et cravate, les pinceaux sous leur burlingue ministre. A l'aise, Blaise. Vous avez dit réformes ? Quelles réformes ?

Je finis par caser mes directives et reviens au triple.

Mais pas besoin de choper le combiné ! Depuis l'entrée je perçois le son lancinant indiquant que la communication est coupée.

CHAPITROUNET

Rue François-Mauriac, au domicile de Thérèse Genitrix-Desqueyroux, c'est Bérurier qui vient répondre à mon coup de sonnette.

Il est vêtu d'un maillot de corps à grille, de son chapeau troué et de ses chaussettes qui le sont aussi. Son œil limaceux me donne à penser qu'il est torché. Son haleine (qui n'est pas du pingouin) confirme la chose.

— Ah ! c't'oi ! parvient-il à formuler, la phrase étant brève et ne comportant aucun piège notoire d'élocution.

Il lâche un vent de bienvenue et referme.

— On étions en pleine java ! avoue le Preux.

Si j'aimais les calembours, je dirais : « le laid preux », mais ça ferait un peu trop banquet des « Joyeux amis de la gaule matinale ».

Il relourde à tâtons car il a des périodes non seulement d'obscurantisme, mais bien de cécité complète, et m'entraîne à l'intérieur de l'appartement, renversant sur son passage trombesque une gracile console dont les pattes faisaient songer, avant de se briser, à celles des éléphants-moustiques de Salvador Dali.

Le frêle meuble supportait une Diane d'albâtre dont je ne pourrais plus dire si elle était chasseresse ou marchande de pans-baniats.

Il faut toujours s'attendre à tout, avec Béru, pourtant je marque une certaine surprise en découvrant dans la chambre de l'actrice trois personnes dont deux, apparemment, n'auraient pas grand-chose à y faire. Il s'agit de Rose-de-mai, la serviteuse de couleur, de Berthe Bérurier, et de Charly Genous, le coïteur professionnel.

Je note qu'on a entassé les meubles, lit y compris, dans l'alcôve attenante, et étalé de la literie sur le sol : matelas, sommier, couvre-pieu, polochon, oreiller, afin de constituer une piste de baise de vaste dimension. Les protagonistes sont nus, à l'exception de Charly qui porte un pansement à la main gauche. Ils sont également ivres, si j'en juge aux nombreuses bouteilles vides rangées le long des murs. Pour l'instant, le trio copule assez bassement ; mais ce genre d'exercice est-il jamais gracieux, même pratiqué par Roméo et Juliette, Paul et Virginie, Rivoire et Carret, Roux et Combaluzier ? La bestialité d'une étreinte reste ce qu'elle est, n'importe ses protagonistes.

Le tableau vivant auquel j'assiste comblerait d'aise les producs de Charly Genous. Les enfants sont couchés ? Oui ? Alors écoute. Berthe est étendue, belle comme un Botero, les jambons formant le V de la victoire. Fleur-de-mai lui sert une langue de veau-gribiche, à genoux, ses terribles mamelles se confondant avec l'énorme prose de la Bérurière. Charly l'accomplit en levrette, avec une belle lenteur de pro qui sait se contrôler, ses mains bien plantées dans la viande sombre de la femme de chambre.

Un mouvement de houle passe sur le trio. Les deux dames disent « oui » avec un ensemble parfait. Ce « oui » des baisances à grand spectacle qui approuve l'action en cours et la stimule tout à la fois.

— C'con a pris ma place du temps qu' j'allelais t'ouvrir ! rouscaille le Gros. J'voiliais bien qu'il avait envie d'emplâtrer la Noirpiote n'au lieu d's' laisser déguster la tige par Berthy. Mais qui va z'à la chasse... T'sais c' qu'on dit dans la Bib' ? Hé ! Charly, ce gros cul s'appelle reviens, mon pote ! J'avais un pain d'trois livres au four, mécolle, avant d' chiquer les portiers ! Attends : on va séparerer l'cortège en deux et tu calceras ma rombière ; la couleur mise z'à part, c'est l'appareil au même ! Sauf p't'ête z'aussi qu'la négresse est moins disjonctée d'la bagouze qu'mon écuillerière qui m'pratique d'puis des illustres et des illustres...

Il s'élance dans cet amas de bidoche plus ou moins fraîche.

— C'est ça que tu appelles établir une planque chez la disparue ! lui dis-je.

Il rebiffe :

— Tu voudrerais qu'on fisse quoive en attendant ? J'ai jamais su broder et y a pas d'osier pour qu' j'rempaillasse les chaises.

Là-dessus, la partouze reprend sous l'impulsion du Maestro.

Il ne changera jamais, le Con-sanguin. Bouffe, bite et bêtises fournissent les trois « B » de son sigle. Las de ses transports en commun, je quitte la chambre pour le salon. Le bref coup de turlu du Vieux m'a dopé. C'est de le savoir vivant qui stimule mon énergie. Il est vivant et à Paris ; il va bien falloir que je le récupère !

De toute évidence, on le séquestre, puisqu'il ignore où il est. Dans quel but ? Il n'a plus de hautes fonctions administratives et n'a pas retiré de grosses sommes de sa banque. Conclusion, la chose s'est « organisée » autour de Thérèse Genitrix.

Mais pourquoi diantre celle-ci est-elle partie en emmenant deux grandes valises vides ?

Je tente de reconstituer l'aventure d'Achille. Ce forcené de la bagatelle rencontre la belle Thérèse et se l'annexe. Grand amour de la part du Vioque. Il lui propose de l'emmener en voyage et elle accepte. Pourtant, il n'opère aucune réservation. Mais peut-être devaient-ils partir avec des amis ? Voire à bord d'un yacht ou d'un jet privé ? Il a toujours eu des relations huppées, Pépère. La môme qui ne rêve que de Paris a probablement cédé à la tentation, vu les conditions particulières ?

Je rêve, hein ? Dévide mes hypothèses... C'est l'unique façon de sortir de mon immobilisme.

Disons qu'elle accepte de s'en aller. Le Vioque lui offre alors deux superbes bagages Vuitton, mais, par la faute d'un livreur, ils arriveront trop tard et l'actrice est déjà partie avec ses propres valoches. Attends, qu'a-t-il joint, comme billet à son envoi, le Scalpé ? « Pour que vous m'emmeniez toujours plus loin. » Ce qui laisserait entendre que C'EST ELLE QUI A ORGANISÉ LE VOYAGE, non ? T'es bien d'accord, Nestor ?

Les voilà ensemble. Et là, une grosse couille se produit : on séquestre le Dabe ! Qui le séquestre ? Thérèse ? Improbable. Sont-ils kidnappés tous les deux ? Leur commune disparition tend à le faire croire. Dans quel but ? Mystère. Sur les deux, il y en avait UN de visé, l'autre n'a fait que subir la fatalité de son partenaire. Quel intérêt pouvait présenter pour qui que ce soit ce couple d'occasion ? Cette passade d'un barbon avec une petite comédienne de troisième zone ?

Comme la voix d'Achille était faible, décolorée. Une véritable voix de vieillard mal en point. Quelle utopie que d'avoir pensé à le remettre à la tête de la Police ! Il a fait son temps, le cher vieux bougre. A présent c'est râpé. Pour qui sonne le glas ? Un jour la porte se rabat dans ton dos, comme mue par un courant d'air, mais c'est bien toi qui l'a tirée, mon con ! Toi tout seul, instinctivement.

Fleur-de-mai était en congé lorsque sa patronne a filé d'ici. Ses toilettes sont toutes demeurées au dressinge, mais plus les valdingues. Alors, question primordiale et paroxystique : qu'a-t-elle emporté ? Je donnerais le dentier de la comtesse de Paris pour le savoir.

Fallait que ça soit volumineux. Ou nombreux ! Et l'Antonio tant aimé de farfouiller dans le logis de l'actrice. L'actrice ! Tiens : des vêtements de scène ! Voilà ce qu'elle trimbalait. Jouait-elle ou allait-elle jouer un film en costume ? Si elle interprétait Jeanne d'Arc ou la Marie-Antoinette, y en avait un paxif à se coltiner. Cela dit, on ne confie pas généralement les costumes aux interprètes, à moins qu'il n'y ait eu des questions d'essayages.

Je retourne dans l'arène. La partouzette court sur son erre.

Fleur-de-mai crie pouce (avec un c), mais Béru qui l'entend avec deux s fait le nécessaire, et la Pétard-sister en a la chambre des machines contusionnée. Alors le Mammouth éternue de la soupape en hurlant un triomphal « Vouais ! » de gars passant en tête une ligne d'arrivée (n'importe laquelle, ils font tous pareil). Par contre, la Bertha continue d'engranger de la bite en psalmodiant son éternel « voui ! voui ! vouiiii ! » accapareur.

Le gars Charly commence à surchauffer de la membrane. Il me lance :

— Celle-là, faut pas lui en promettre !

— Fort tempérament, confirmé-je. Comment se fait-il que vous soyez ici ?

— La toute-black qui m'a téléphoné pour une urgence ; je croyais que ça concernait Thérèse, mais elle avait parlé de moi à madame...

— Plus vite ! implore la Thénardière !

Il dit à sa partenaire :

— Si ça doit être encore long, il faut que je m'huile ; j'ai un tournage demain et je ne peux pas me présenter sur le plateau avec un membre violacé ! Mes partenaires féminines font la fine bouche et refusent de pomper un braque endolori.

— C'est ça : huilez ! crie la Bérurière en délire.

Bérurier, mécontent, bougonne :

— T'sais qu'j'vais d'viendre jalmince, Grosse ; t'as l'air d'prend' du bonheur à t'faire astiquer par ce gus !

— Il a la cadence ! plaide l'infidèle.

— Et moive, j'l'aye pas ?

— Pas la même !

Vexé, il se tourne vers la Noire.

— Et toi, grosse mouche, comment c'est qu' t'as trouvé not' séance d' boudin blanc ?

— Délicieuse, roucoule la noire colombe.

— Mercille, j't' d'mande just' pour n'en avoir l'cœur net. Tu m'sers un godet d'bordeaux, puisqu' c'est baise d' gala ?

Nous sortons de la piste-aux-étoiles.

Son coït africain paraissant l'avoir dessoûlé, je lui relate le coup de fil avorté du Dabe.

— Quéqu'un l'questerait[1] ? bée-t-il.

— Ça paraît évident.

— Av'c la poule d'ici ?

— Probable.

— Et y s'rait n'à Paris même ?

— Je le crois.

— Qu'vas-tu faire-t-il, Antoine ? On n'peuve pas fouiller tous les immeubles de la capitable !

— Non, ça, on ne peut pas.

1. Pour séquestrerait, tu penses ?

— Alorsss ?

— Alorsss, il va sûrement me venir l'une de ces idées lumineuses qui différencient l'homme normal du Bérurier bipède.

Il ne réagit pas car Fleur-de-mai revient de la cuistance armée d'une aimable bouteille de Mouton-Cadet pétrie de bonnes intentions.

Décapsulage, tastage, buvage.

Charly Genous radine avec sa bite besogneuse vitrifiée de frais.

— Je vais prendre une douche, annonce-t-il, comme toujours après une prestation.

— C'est ben pour dire de faire le gandin ! mourmelonne Béru qui lui garde un chien de sa Cheyenne, comme dit mon cher Van Cauvelaert.

Fleur-de-mai intervient :

— Prenez plutôt un bain, monsieur Genous, car y a plus de rideau de douche.

— O.K. ! tant pis.

Exit l'artiste.

On reboit. La sale impression « de totale inutilité » que je traînais naguère s'est modifiée. Maintenant je me sens « en veillée d'âme ». Chilou ! Le Vieux Zob chéri ! Il a eu l'opportunité d'un coup de grelot et c'est à moi qu'il l'a donné. Signification : il ne veut pas que son affaire s'ébruite, sinon il appelait carrément Police-Secours !

Attends, vieux beau, il va te retrouver, ton « disciple » comme tu aimais à m'appeler pour rengorger.

— A propos, Fleur-de-mai, vous avez eu beaucoup d'appels téléphoniques depuis ma dernière visite ?

— Des gens de théâtre, la mère de Mademoiselle qui vit dans le Bordelais et qui s'inquiète de son silence...

On entend Genous qui chante à tue-tête en prenant son bain. De l'opéra, s'il vous plaît ! Le grand air du « Trou Vert ». Il enchaîne avec *La Tosca.*

Baryton ténorisant, semblerait-il :

Et Tosca tout de même
C'est toi seule que j'aime...

Le fichtre-foutre me chope. Je cavale à la salle de bains alors qu'il est en train de se briquer le modulateur de fréquence au lavabo.

— J'ai horreur des bains, me dit-il, je ne prends que des douches.

L'Antonio-de-rêve va à la douche, précisément, pour examiner la tringle en équerre du porte-rideau.

Elle tient par trois points : à ses deux bouts et au coude qu'un fil d'acier soutient au plafond. Les anneaux qui maintenaient le rideau et lui permettaient de coulisser sont en place, encore munis de leurs crochets d'agrafage. Des franges de matière plastique verte adhèrent à la plupart, ce qui indique qu'on a arraché le rideau, au lieu de se donner la peine de l'ôter crochet après crochet.

— J'ai remarqué, me dit Genous, que, dans ces vieux immeubles, les lavabos sont toujours fixés très haut, si bien que, quand on est de taille moyenne, il faut se dresser sur la pointe des pieds pour se laver la queue. Le Général de Gaulle n'avait pas ce genre de problème ; mais se lavait-il la bite au lavabo ?

Je le laisse se détartrer le bigoudi farouche pour revenir au salon où Bérurier houspille son brancard, comme quoi, participer à une partie de jambons, c'est une chose, mais y prendre un plaisir aussi évident en est une autre. Il a sa dignité d'époux à assumer et elle en a pris un coup (elle aussi).

Pendant le débat, je coince la grosse Fleur-de-mai dans un immense coin.

— *Darling,* parlez-moi des valises, je vous prie.

— Quelles valises ?

— Celles que mademoiselle a emportées.

— Ben c'étaient deux grandes valises.

— De quelle couleur ?

— Presque blanches, des Samsonite, vous savez ?

Bien sûr que je sais. Il sait tout, Sana !

— Quand vous êtes revenue de votre congé, l'appartement était vide, m'avez-vous dit ?

— Je le répète.

— Le rideau de la douche se trouvait encore en place ?

Elle hausse les épaules.

— Je ne me souviens pas. Mais à la réflexion, il me semble qu'il n'y était plus.

— Vous n'avez pas été surprise par sa disparition ?

— Mademoiselle avait souvent des mouvements

d'humeur qui lui faisaient briser ou arracher des choses.

— Des coups de chaleur, des mouvements d'humeur... Ses nerfs ne fonctionnaient pas tellement bien, non ? Qui vous paie vos gages depuis qu'elle est partie ?

— Personne ; mais j'ai confiance : elle ne m'a jamais lésée d'un centime.

— Elle a une voiture ?

— Non. Elle ne sait pas conduire.

— La photo de femme, dans la chambre, c'est elle ?

— Bien sûr.

Je m'en saisis.

— Je la rapporterai, promets-je.

Le vaillant Charly revient de ses ablutions, la bite parée pour de prochains exploits.

— Bon, c'est pas le tout, dit-il, qui me règle mon cachet ?

Comme onc ne répond, il s'adresse à Bérurier :

— Vous ? C'est mille francs.

Sa Majesté a les lotos qui lui yoyotent sur la frite.

— Siouplaît ? Je comprende rien à ce dont vous causez.

— Je parle de mon cachet.

— Quel cachet ?

— Pour la séance de brosse ; vous ne vous figurez peut-être pas que je viens tringler sur commande gratuitement !

Oh ! l'effarement du monstre marin ! Il ouvre si grand la bouche qu'on aperçoit son foie ! Il faut dire que celui-ci est excessivement hypertrophié.

— Qu'apprends-je-t-il ! il tonitruie. Môssieur fait payer ses coups de guiseau ! Il a un braque de médecin de campagne et il veut affurer avec ce trognon de chou ! Et mille points ! Y s'mouche pas av'c l' pan d'sa roupane. Combien t'est-ce j'deverais d'mander, ma pomme, une chopine comme la mienne !

Charly qui n'entend pas se faire écrémer à l'œil devient mauvais :

— Hé ! le Gros, calmos ! Tu t'imagines pas une seconde que j'ai escaladé ta grosse vache pour le plaisir ! Je ne suis pas sadique ! Je veux bien faire l'impasse sur la Noire : ce sera sa commission. Mais j'ai fourni une prestation d'archiduc avec ton brancard, tout le monde est témoin. Elle a pris un panard de haut luxe, n'est-ce pas, chère madame ? Cent lacsés, c'est dérisoire pour faire jouir un pareil tas de graisse ; je me ferais radier de mon syndicat si la chose s'ébruitait. Allez, envoie la soudure avant que nos relations s'enveniment.

Sans un mot, Bérurier va quérir sa carte de police dans la fouille de son veston et la présente au baiseur professionnel.

— Une supposance qu'nos r'lations s'envenimassent, justement, je t'arrête pour prostitution, mec.

Là, il pantoise, le Charly.

S'adressant à Fleur-de-mai, il gronde :

— Un poulet ! Toi, Boule-de-neige, tu me la copieras !

Il retourne se harnacher dans la chambre. Bérurier le suit.

— Croive pas qu't'es quitte ! avertit ce justicier. T'as infamé mon épouse en la traitant de grosse vache et de tas d' graisse ; en tant qu'mari j'peuve pas laisser passer. J' ferme les yeux sur qu' tu l'as faite jouir, mais des insultes, jamais un nez-pou digne de ce nom tolérera.

Et il lui allonge un taquet au bouc. Seulement l'autre est champion de karaté. Il place au Gros une prise fulgurante et l'envoie dacher sur le matelas.

— Voix de fête su' un officier de police ! brame le Cornard patenté. J'sens viendre des bavures !

Là, je m'interpose :

— Stooooop ! On se calme !

Mon autorité leur en impose.

— Vous êtes bien sûr de travailler dans la production porno ? m'àbrûlepourpointe Charly Genous.

Je ne réponds rien. Brusquement, mon attention est attirée par quelque chose qui meurtrit le papier de la tapisserie. Je m'approche : il s'agit d'un trou. Pour le cacher, on a mis la photo de Thérèse que je viens d'emparer. Un trou de balle ! Je l'élargis à l'aide de mon canif et n'ai pas grand mal à récupérer le projectile. Du 9 mm, le calibre de l'homme pressé (d'en finir).

CHAPITRERIE

— Un jeune homme demande après vous, m'informe le planton. Ça fait plus de deux heures qu'il vous attend à côté. Ça doit être un fumiste, monsieur le directeur. Quand je lui ai demandé son nom, il m'a dit qu'il s'appelait comme vous.

— Barbauc, fais-je, connaissez-vous un mot de six lettres qui comporte trois « c » ?

— Non, monsieur le directeur.

— C'est le mot « accroc ». Vous devriez le savoir car il y en a un superbe à votre chemise, près de l'emmanchure. Je sais qu'il fait particulièrement chaud, mais je vous serais reconnaissant de mettre votre veste en attendant que Mme Barbauc vous rende votre dignité de fonctionnaire grassement payé !

Et je vais ouvrir la porte de la salle d'attente. Qu'y trouvé-je ? Toinet, mon adopté, en train de lire un numéro de *Paris-Match* daté d'avril 84.

— Si je m'attendais à toi ! m'exclamé-je.

Il a beaucoup changé, le terrible. Faut dire que ça fait un an que je ne l'ai pas vu. Comme il en branlait un minimum au lycée, on l'a mis dans une boîte à bac réputée, dans l'est de la France. Mission des tortionnaires de l'établissement en question : calmer un peu sa « fougue » (euphémisme) et tenter de lui faire faire une terminale convenable.

En tout cas, ils l'ont bien nourri.

— T'as encaissé au moins trois kilos ? interrogé-je.

— Cinq.

— Tu ne faisais pas de sport, là-bas ?

— Trop : ça me donnait faim.

Je l'entraîne dans l'escadrin et il me suit jusqu'à mon bureau.

Curieux : j'ai l'impression de me trouver en présence d'un homme, maintenant.

— Pose-toi, mon lapin.

Il se glisse dans le fauteuil faisant face au mien.

— Tu te la coules belle ! fait-il en jetant un regard semi-circulaire. C'est classe, ici !

— Je vais déménager : on m'a honoré d'une promotion rétrogradante.

— Tu as fauté ?

— Non. De nos jours on ne vide pas les fonctionnaires qui fautent, mais ceux qui en font trop. Disons que je suis resté trop au contact de la vie : ils ont besoin de planeurs. Je ne te parle pas de tes études, je suppose que ça te fâcherait ?

— Elles sont terminées !

— Tu as décidé ça tout seul ?

— Je suis majeur : dix-huit ans et mèche !

— Des projets pour la vie ?

— Un seul.

— Mercenaire en Afrique ? Vol à main armée ? Proxénétisme ?

Il blêmit. Son nez régulier se pince comme ceux des porteurs de binocles de jadis.

— Tu es dur, murmure-t-il. Merci pour l'accueil !

— Je te charriais. Alors, ton projet ?

— Je veux devenir flic, comme toi !

Cette décision imprévue me trouble ; une émotion douceâtre me prend à la gorge.

Toinet ajoute :

— Je sais parfaitement d'où je viens, grand. Mes parents étaient des truands que tu as alignés. Comme je restais seul au monde, tu m'as adopté. Curieuse histoire. Enfin, c'est la mienne !

— Comment l'as-tu apprise ?

— Le père Béru me l'a racontée un jour qu'il était schlass à ne plus pouvoir grimper son escalier.

— Le gros con ! Il y a longtemps de ça ?

— Tu parles : je devais avoir une douzaine d'années à peine.

— Ça a dû te traumatiser ?

— Oui, j'ai éprouvé un sentiment de rébellion, de haine vis-à-vis de la société.

— Et de moi, surtout ?

— Non ; ton rôle je l'ai compris. Pour ne rien te cacher, pendant les années qui ont suivi, j'ai voulu devenir gangster ; reprendre le fonds de commerce de mes vieux. Et puis cette année, il s'est passé quelque chose d'indéfinissable. Loin de maman Félicie et de toi, j'ai réalisé ce que vous avez fait pour moi. Toi, rouage de la loi, tu as accompli ton devoir en neutralisant mes parents ; et puis toi, homme de cœur, tu as consenti le sacrifice de m'adopter, moi, de la graine de gangster.

« Depuis toujours, grand, je te vois partir à l'assaut du crime, tranquille et sûr de toi, fou de courage avec un cœur gros comme ça. Une prise de conscience, je suppose. C'est de cette manière qu'on devient un homme, non ? J'ai entrevu l'avenir du délinquant que j'aspirais à devenir : le chagrin que je vous causerais, la honte, une vie de merde en taule, et tout le reste.

« Antoine, vous m'avez eu bébé : c'est vous mes vrais parents. Les gènes que je traîne ne sont pas fatalement ceux d'un malfaiteur. Mon père et ma mère sont issus de familles honorables. C'est eux, l'accident génétique ; rien ne dit qu'ils aient engendré une lignée de crapules. Un môme ne naît pas programmé, il se forme par l'exemplarité, par ses rencontres, ses lectures. J'ai beaucoup lu, au bagne où tu m'as fourré. »

Il se tait, me regarde et, prenant la voix de Fernand Raynaud, s'écrie :

— Tonton ! Pourquoi tu pleures ?

Je lui tends les bras et il contourne le gros vilain bureau pour venir m'embrasser. N'est-ce pas le premier véritable baiser que nous échangeons, les deux ?

On reste un long moment à s'étreindre.

— Fiston, je balbutie. Oh ! fiston, comme on peut rendre heureux quelqu'un quand le cœur parle !

Il se dégage.

— Alors voilà, fait-il, je vais me faire flic et je serai San-Antonio II.

— Mais, mon lapin, soupiré-je, le temps des Bérurier est révolu, de nos jours, il faut avoir son bac pour être flic.

— Merde, tu es sûr ?

— Certain !

Il sort de sa poche un porte-cartes en plastique qui contient sa carte d'identité ; deux doigts en pince de homard se glissent à l'intérieur de la carte, y saisissent une petite coupure de presse grisaillette.

— Ça a paru ce matin dans l'*Est-Républicain*, me dit-il.

La coupure s'intitule : *Liste des étudiants admis au baccalauréat.* A la rubrique « admis avec mention bien » un nom est souligné en rouge : le sien !

Ma main tremble si fort que je suis contraint de déposer la coupure sur mon sous-main.

— Petit salaud ! bégayé-je, tu l'as eu ! Nom de Dieu, tu l'as eu !

— Dans les grandes largeurs !

Je demande :

— Tu es sûr de n'avoir envoyé personne à ta place, de n'avoir pas acheté les sujets, de...

Il s'emporte :

— Arrête ! Je veux être flic, je te dis. Simplement, j'ai eu le déclic et je me suis mis à bosser comme un fou. J'ai travaillé à en dégueuler, ce qui m'a permis de découvrir que je n'étais pas con !

— C'est merveilleux ! Pourquoi ne nous as-tu rien dit ? On pensait que tu coinçais la bulle dans cet établissement ; nous étions résignés, m'man et moi.

— Pas de triomphalisme avant d'avoir franchi la ligne d'arrivée ; je préfère vous faire la bonne surprise maintenant que c'est dans la poche !

— Tu es vraiment transformé, Toinet !

— Penses-tu ! J'étais déjà comme ça en puissance, seulement je n'en savais rien.

— Tu vas faire ton droit, maintenant, sur ta lancée, et quand tu auras ta licence, tu entreras à l'école des commissaires.

Il dénègue et s'assoit (ou s'assied) sur mon bureau.

— Écoute, Antoine-le-Grand, la « lancée » est terminée. Ce que j'ai fait en un an, je n'étais capable de le faire qu'une seule fois dans ma vie. Je me sens homme d'action, et les études m'emmerdent. J'ai ton parchemin et je te dis : « Stop ! » Dans ta position ne me dis pas que tu ne peux pas me mettre le pied à l'étrier !

— Mais tu n'as que dix-huit ans, mon petit gars !

— On trouve partout des enfants prodiges, Antoine, je deviendrai le Mozart de la Police.

Je réfléchis. Cette équipe « marginale » que m'sieur le ministre me demande de créer peut comporter des éléments marginaux. C.Q.F.D.

« Et pourquoi pas ? » me demandé-je à moi-même. Et, à lui :

— Veux-tu devenir mon secrétaire en attendant, bachelier ?

Il me tend sa main encore adolescente.

— Vas-y de cinq ! murmure-t-il. T'es un chef ! Le mien !

CHAPITERNEL

Ensuite, nous avons téléphoné à Félicie qui a été folle de joie. D'autant plus que, contre toute attente et pronostics médicaux, sa belle-sœur se mettait à aller mieux. La veille, elle avait mangé une tranche de jambon coupée menu et regardé « Questions pour un Champion » à la télé, car elle est amoureuse de Julien Lepers, dont les cheveux frisés et le regard candide la font fondre. M'man espérait pouvoir rentrer rapidement. Comme les bonheurs, à l'image des malheurs, sont généralement groupés, elle nous a annoncé la venue d'une nouvelle bonne, en l'occurrence la fille du maire de la commune où réside la tante : une jeune fille « très bien », sachant tout du ménage (elle avait aidé sa mère à élever huit autres enfants) et religieuse jusqu'au bout des ongles.

Cette dernière précision nous a peu enthousiasmés car nous préférions qu'elle eût un beau cul pas contrariant.

— Celle-ci, tu me la laisses ! a décrété Toinet.

— Elle choisira, ai-je éludé.

J'ai mis le môme au courant de l'étrange enquête

qui venait de m'échoir. Il s'est montré plus qu'intéressé.

— Qu'est-ce que tu crois, grand ?

— Que la souris du Vieux a été trucidée, découpée et emportée dans ses deux grandes valises. J'ai donné l'ordre au service de Mathias d'aller rechercher d'éventuelles traces de sang dans la salle de bains de la donzelle. Certes, au bout de deux mois, la tâche n'est pas facile, mais le Rouquin et sa nièce sont des génies de l'analyse.

Il opine :

— Quoi d'autre ?

— Circulaire à tous les chauffeurs de taxis de Paris en leur demandant s'ils se rappellent avoir chargé une personne munie de deux grandes valises blanches, il y a deux mois, rue François-Mauriac.

— Parce que tu t'imagines qu'un type lesté d'un corps découpé prend des sapins ?

— Tout est imaginable dans le domaine criminel, tu le découvriras si ta vocation se confirme.

— Et puis encore ?

— On est en train d'examiner la balle que j'ai récupérée dans le mur, monsieur le Grand Inquisiteur. De plus, je fais reproduire en grosse quantité la photo de Thérèse Genitrix. Elle sera diffusée par les médias : télés, journaux.

Le téléphone carillonne, et c'est maman qui n'arrive pas à se souvenir si j'aime ou non les caillettes de l'Ardèche. Je l'assure que celles-ci sont en trois ou quatrième position sur la liste des mets dont je raffole. Ça la comble : un charcutier d'Aubenas en usine de phénoménales. A son retour, elle va nous préparer un repas sublime pour fêter le bac de Toinet. Bon, elle ne peut s'attarder parce qu'elle appelle de chez tante Henriette qui n'est pas riche ; du moment qu'elle ne clamse pas encore, inutile de la gonfler avec des notes de biniou extravagantes. Logique.

Quand je raccroche, mon bachelier n'est plus là. Il reviendra. En attendant il faut que je me rende chez le ministre pour lui faire prendre patience avec mes céleris-raves rémoulade. Seulement, le téléphone retentit à nouveau. Là, c'est Bérurier. Il m'a l'air secoué, le Porcin.

— Ah ! t'es laguche, mec ! Dieu soye acheté ! Faut que tu reviendes ici d'estrême urgerie, y a l'feu au lac !

— Mais quoi ?

Il a déjà raccroché.

***

Il y a des gens qui badaudent devant l'immeuble avec des airs de conspirateurs et des voix d'ordonnateurs de pompes funestes (le Gros dixit). A l'intérieur, c'est carrément une petite foule au sein de laquelle Alexandre-Benoît s'agite.

— Ah ! s'écrie-t-il en m'apercevant, voilà le grand patron !

On s'écarte pour me laisser avancer. Et j'arrive au cœur du problème, c'est-à-dire au cadavre de Fleur-de-mai. Elle est, m'explique le Gravos, tombée dans la cage d'escalier la tête la pommière. Sa tronche est toute bizarre à présent ; comme tassée.

Le crâne éclaté est plat, le cou a rétréci. Du sang dégouline de son énorme pif tuméfié qui ressemble à un groin de truie. Elle a une jambe à l'équerre, un bras sous elle et la bouche béante.

— Tu n'peux pas savoir qu'est-c' que ça a été sa gueulanche, me dit le Mastard. J'l'aye encore dans les cages à miel. J'croive qu'tous les voisins est sorti en même temps !

Il m'explique : comme il ne restait plus de vin, il a été décidé qu'elle se rende chez l'épicemard pour en commander une ou deux caisses aux frais de la princesse absente. La voilà qui quitte l'apparte.

— J'voye mal c'qu'a pu s'passer, explique le Ventre-à-jambes. Pourquoive s'sera-t-elle-t-elle penchée au-dessus de la rampe ? Pourquoi aura-t-elle-t-il perdu l'équilibre ? Certes, elle avait pas mal picolé avec not' fine équipe, et après la séance pleinière de trous, elle était flagadoche ; mais de là à piquer du naze dans l'vide...

— On l'a peut-être aidée ? suggéré-je.

— P't'êt', ne récuse-t-il pas, mais la d'moiselle était pas fastoche à manipuler, grand. Pour fout' c'morcif dans la cage d'escadrin, moive, j'aurais pas su par quel bout la choper. T'as maté ses chevilles ? Mes cuissses ! Et elle avait d'l'assise grâce à ses cent vingt kilos. Une bourrerade, t'avais l'bonjour.

— Si on l'a estourbie d'un coup de goume sur la coloquinte ?

— Si qu'on l'aurait assommée, elle aurait pas pu hurler plus fort qu'une sirène d'usine !

— C'est juste.

— Non, tu voyes, moi, j'pense qu'après tout elle a entendu quéqu'chose au reste-chaussé et qu'é se soive penchée pour voir ce dont c'était. Ça y a filé le tournis, encore beurrée qu'elle était.

Des idées alcalino-terreuses m'encombrent le cervelet. Une chose est sûre : la grosse ne s'est pas suicidée. Un suicidé par défenestration (ou assimilé) ne gueule pas en tombant, et puis cette bonne obèse respirait la joie de vivre.

Je grimpe jusqu'au palier de Thérèse Genitrix. A gauche l'ascenseur, à droite l'escalier. M'étonnerait que Fleur-de-mai qui, si elle respirait la joie de vivre, la respirait difficilement, ait choisi de dégravir des marches alors que la cabine était à dispose. En parfait chien courant, j'entreprends d'examiner scrupuleusement l'endroit.

Détail intéressant : un morceau de bois de réglisse, copieusement mâché du bout, au point de ressembler à un petit pinceau, gît sur le tapis de l'escadrin. Je le dépose dans mon mouchoir et glisse le tout dans l'une de mes vagues.

Il suffit de cet indice pour que mon siège soit fait : la grosse Noirpiote a reçu un cours privé de parachutisme sans accessoires. Objet de ce meurtre ? Elle savait (peut-être à son insu) quelque chose que la Police ne devait pas connaître.

En bas, la vie continue : Police-Secours vient prendre livraison des deux cents et quelques livres de barbaque encore tiède ; les locataires se disent perses (pardon : se dispersent) et, comme il y a une conciergerie automatique, la gardienne d'immeuble ne peut donc regagner sa grande loge de France.

Bérurier refait niveau. Son buste de Bacchus débraillé apparaît par la porte vitrée de la cabine Otis[1]. Il sort, son ventre ouvrant tout seul la porte, loufe en baryton basse, et les échos langoureux répercutent cette blatération.

— Donne ta paluche, mec, j'aye un p'tit cadeau pour toive.

A quoi bon le contrarier, je lui présente ma dextre épanouie et il y dépose cet élément propre à tout roman policier qui se respecte (et même à ceux qui ne respectent pas le lecteur) : un bouton.

— La gravosse t'nait ça dans la main qu'elle était couchée d'sus, m'informe Chère-Loque-Omelette.

Le bouton est nacré, bordeaux clair, de dimension moyenne. Il conviendrait plus volontiers à un vêtement féminin que masculin.

Hop ! Dans la fouille du grand chef !

Très bien : on s'achemine vers la version du guet-apens ; seulement elle comporte comme un défaut. Qui pouvait prévoir que Bérurier enverrait la grosse chercher du picrate à ce moment-là ? Par ailleurs serait-il concevable qu'un agresseur en puissance reste embusqué longtemps sur un palier où passent des gens ? Quoique...

Oui, quoique... Parfaitement, quoique... Les locataires du dessus empruntent l'ascenseur, peu

1. C'est M. Otis qui a inventé l'ascenseur pour sa belle-mère qui était podagre.

soucieux de se respirer les étages à pincebroque. Or, ledit ascenseur, ayant été installé postérieurement à la construction de l'immeuble, laisse une sorte de niche étroite entre sa cage et le mur de l'appartement, ce qui fait que tout usager de l'escalier ne saurait apercevoir quelqu'un qui s'y cache, à moins de se dérouter jusqu'à la porte de Thérèse Genitrix. Ce qui est improbable.

— Bon, me fait l'Enflure, y a plus d'raison qu'on demeurasse ici ?

— Aucune.

— Dommage, je m'aye bien plu ; pauv' Fleur-d' mai : c't'un' gonzesse, on aurerait poursuité nos r'lations, j'eusse fini par la somiser. J'sûr et certain qu'av'c un pétard pareil elle était faite pour tâter d'l'œil d'bronze.

Je le quitte sur cette manière d'oraison funèbre afin de rendre visite aux habitants de l'étage. La tâche n'est pas démesurée : il n'y a qu'un locataire par étage et l'immeuble en comporte cinq.

Au cinquième, tu trouves (et moi aussi) les demoiselles Imbouré, Julie et Mathilde. Ce ne sont pas encore vraiment des vieilles filles, ou alors c'en a toujours été. La trente-cinquaine allègrement portée en vaillantes jumelles laborieuses. Elle sont couturières et confectionnent d'exquises robes de mariées, largement reproduites par les journaux. Elles travaillent avec l'assistance d'une petite ouvrière sortie d'une chanson à pleurer 1900 et moi, fin psychologue, d'entrée de jeu, je me dis qu'elles doivent brouter cette Fleur-de-destin. Je les vois très bien lui tutoyer le clito alternativement pendant que l'autre s'interprète un solo de harpe. Mais, comme le disait ce pauvre Chazot : c'est pas mes oignons.

Je leur produis ma carte, en même temps qu'un bon effet, et sollicite leur version des faits.

En duo, elles me racontent le grand cri terrible dont l'immeuble a vibré. Les pauvres chéries ont aussitôt compris de quoi il retournait. Toutes les trois ont dévalé l'escalier en regardant par-dessus la rampe le corps de la malheureuse, au fond du gouffre.

— Ç'avait beau être une Noire, ça nous a bouleversés, assure Mlle Julie.

Sa sœur ajoute que « d'ailleurs », malgré sa négritude, c'était une brave fille. Un seul défaut : sa manie de fumer le cigare. Elle empestait la cage de l'immeuble.

Je leur demande si elles ont aperçu « quelqu'un » dans l'escalier ; quelqu'un qui serait descendu également, ou bien qui au contraire serait monté. Mais, les autres occupants du 116 mis à part, elles n'ont rencontré personne d'étranger à l'immeuble. Ici, dans cette maison rénovée, pleine de charme, les gens sont peu nombreux et d'un commerce agréable. Tout le monde se connaît et s'apprécie.

J'oriente alors mon interrogatoire sur Thérèse Genitrix-Desqueyroux. Là je rencontre un peu de réserve. Bon, elles n'ont rien à lui reprocher, sinon, parfois, de faire l'amour de façon tapageuse. La maison s'emplit alors de ses clameurs et des mots orduriers qu'elle crie au cours de ses pâmoisons. C'en est gênant pour les Martin qui habitent au-dessous de chez elle et qui ont deux enfants de respectivement douze et quinze ans. L'été surtout, lorsque les fenêtres sont ouvertes, entendre vociférer « enfonce-la-moi-ta-grosse-queue-de-salaud » crée une gêne dans une famille chiraquienne dont la progéniture fréquente des écoles religieuses. Les Martin ont écrit à la coupable, puis au syndic de l'immeuble, lequel a répondu qu'il n'avait pas qualité pour empêcher ses administrés de prendre leur pied quand l'envie leur en venait. Jolie mentalité, non ?

Lesté de cette documentation, j'abandonne mes couseuses de rêve pour descendre un étage.

Cette fois, c'est un homme qui me reçoit. Maître Flatulence-Alaïe, personnage corpulent, aux cheveux noirs abondants et frisottés, aux yeux paternes. Il a la peau blême, avec un élevage de superbes comédons à tête noire dans la région nasale. Il est en bras de chemise rose et porte un pantalon bleu marine accompagné de mocassins blancs dus à l'été qui nous échoit. Accent du Sud : pied-noir, peut-être ?

Ma carte. Il opine, me fait entrer en fustigeant sa connasse de secrétaire qui est en vacances et sa connasse d'épouse qui y est aussi.

Je lui trouve un petit air faisan, à ce mec. Je déteste les « faux joviaux », les baratineurs à grande gueule chercheuse qui usent de gros mots pour avoir l'air dégagé et sont prêts à t'appeler « mon petit vieux » dès la première rencontre, en te tapotant l'épaule.

— Naturellement, vous venez pour le suicide de la grosse négresse ?

— Non, rectifié-je froidement, je viens à propos de l'assassinat de la grosse femme de couleur.

Il me flashe d'une œillade furibarde.

— Assassinat ! Vous allez vite en besogne. Je suis témoin et à votre disposition pour déposer.

— Témoin de quoi ?

— Incontestablement j'ai été le premier à me pencher sur le cadavre.

— Ça, c'est passionnant, vous me racontez, maître ?

— Je partais et me trouvais dans l'ascenseur lorsque j'ai perçu un hurlement démoniaque. J'étais pratiquement arrivé au rez-de-chaussée. Je me suis précipité, un regard m'a suffi pour comprendre qu'on ne pouvait rien faire pour elle.

J'opine.

— Question subsido-policière, maître, vous n'avez aperçu personne dans l'immeuble ?

— Avant qu'elle s'écrabouille, non. Après, bien entendu, tous les locataires présents chez eux se sont précipités également.

Je regarde ma Pasha.

— Le décès remonte à combien ?

Il s'attarde dans une évaluation que j'ai déjà faite en me basant sur le temps que j'ai mis pour arriver, plus celui de mes converses avec Béru et les sœurs Imbouré.

— Je dirais une quarantaine de minutes, répond maître Flatulence-Alaïe.

Conforme.

— Est-il indiscret de vous demander où vous vous rendiez en quittant l'immeuble ?

— Dire bonjour à une copine, je vous le répète : ma femme est en vacances.

Gloussement de dindon dindonnant.

— Et vous êtes déjà de retour ?

Il fronce le nez.

— Dites, ne jouez pas les Colombo avec moi. Je ne sais pas si vous avez assisté à l'écrasement d'une bonne femme, mais ça vous coupe la chique.

— Même s'il s'agit d'une négresse ?

— Non, mais vous me cherchez ! s'exclame le maître.

— Je vous taquine seulement. Donc, vous avez remis votre adultère à plus tard ?

Il secoue sa tronche sur laquelle, en cherchant bien, tu peux trouver les stigmates d'une hépatite virale en cours d'évolution.

— Vous avez de ces mots ! Pourtant vous êtes encore jeune, non ?

Puis, soucieux d'en terminer avec le crampon que je suis, il reprend :

— Je suis remonté chez moi pour me cogner un grand whisky ; mon verre se trouve encore sur la paillasse de l'évier, dans la cuisine ; et puis j'ai décommandé mon rendez-vous coquin, je déteste ne pas être à la hauteur de la situation.

— Ces scrupules vous honorent et j'avoue les partager avec vous, maître. Vous connaissez Thérèse Genitrix-Desqueyroux ?

— La petite théâtreuse du dessous ? Celle qui hurle en se faisant tirer ?

Il se marre.

— Oui, ça je la connais. Même que je me la suis faite. La première fois, c'était dans le hall, une nuit que nous rentrions simultanément au bercail. Elle était incandescente et m'a empoigné la bite avant de me dire bonsoir. Gentille fille, pas dénuée de talent, mais c'est un cas du point de vue sexualité.

— Vous avez eu d'autres débordements avec elle ?

Là, il se lève.

— Ecoutez, vous ! Je n'ai pas à vous raconter mes bons coups ! Non, mais votre enquête vire à l'inquisition, ma parole !

— Vous avez parfaitement raison, maître, veuillez me pardonner, mais j'adore parler de cul. Au revoir et à bientôt.

CHAPITRER

En descensionnant du 4e au 2e étage (le 3e étant celui de Thérèse Genitrix), je me dis que la gueule du maître ne m'inspire pas. Il faut que je me penche sur le curriculum vitrifié (Béru dixit) de ce type. Il y a en lui un côté représentant de bidons qui m'incommode.

Au deuxième : chou blanc. La famille Martin est aux bains de mer avec sa progéniture, donc inconcernée par le drame. Je poursuis ma descente. Premier étage. Une personne brune et nichonnante, avec un superbe grain de beauté velouté sur la joue droite, m'ouvre : Mme Dermot, une kinési extrêmement thérapeute. Blouse blanche avec rien qu'un slip en dessous, prunelles joyeuses, beau sourire bien modelé, amabilité à fleur de peau (voire même de pot), fossettes un peu partout, dont on aimerait dresser le recensement complet. Elle sent l'embrocation, ce qui explique sans doute que j'éprouve illico l'envie de l'embroquer.

— Monsieur ?

— Police ! Pardon de vous déranger, mais j'aimerais vous poser quelques questions innocentes, lui fais-je en louchant sur sa paire de roberts qui fait songer à tout sauf à deux œufs au plat.

— Ça vous ennuierait d'attendre cinq minutes au salon ? Je finis une cliente...

— J'ai tout mon temps, assuré-je.

Sa salle d'attente est grande comme quatre cabines téléphoniques, seulement meublée de trois fauteuils de rotin et d'une table basse chargée de revues géographiques, ce qui dénote de la part de la masseuse une vocation culturelle indéniable. Aux murs, des gravures prélevées dans lesdites revues et encadrées chichement.

J'attrape un numéro consacré à la vie des Indiens d'Amérique du Sud sur le lac Titicaca (8 340 km^2).

De l'autre côté de la cloison, j'entends la dame Dermot annoncer à la personne qu'elle triture « que c'est la police au sujet de ce qu'on était en train de causer à l'instant ». Ayant prévenu la patiente, elle se croit obligée de changer la converse et lui demande si, en définitive, sa fille va divorcer ? L'interrogée, une certaine Marguerite Déjanté, 51 ans, demeurant 18 rue de Lyon, veuve d'un adjudant de la garde républicaine, mort accidentellement le 16 avril de l'année dernière en rentrant d'une partie de chasse dans l'Indre-et-Loire d'où il était originaire, mère de deux filles dont l'une travaille comme lesbienne chez une antiquaire et dont l'autre a épousé (la connasse !) un fonctionnaire de l'ambassade d'Iran (vous avez lu *Jamais sans ma fille ?*), et qui vit seule (la mère) en compagnie d'un bichon maltais (c'est joli mais salissant, avec ses longs poils blancs). Elle a bien (toujours la mère) essayé de prendre un amant (la solitude, ma pauvre, c'est terrible), mais ce sagouin ne songeait qu'à faire laver son linge (un vrai dégueulasse, je vous raconte pas ses slips!) et à bouffer aux frais de la princesse[1], si bien qu'en définitive, la pauvre Marguerite préfère rester seule avec le bichon (oui : c'est une femelle, mais elle l'a fait opérer pour protéger ses coussins), quitte, quand les sens la travaillent « de trop » (encore la mère) à aller dans un cinéma *hard* près de la gare Saint-Lazare où on trouve toujours une bite à branler. (Elle emporte tout plein de kleenex; la première fois elle s'est laissé surprendre, merci bien! C'était un Portugais, ma pauvre; vous ne pouvez pas savoir à quel point ils déchargent, ces gens-là. Pourtant, après tout, ils sont européens, non?)

Elle demande :

— Si vous pouviez porter vos efforts sur mon genou droit? Ce matin, en me levant, je l'ai entendu craquer et depuis je ressens une douleur quand je le plie. Pour en revenir à votre question, Marie-Louise : non, ma seconde ne divorce pas, en tout cas pas encore : il y a les enfants, vous comprenez? Par contre elle a prévenu Aminoula qu'elle n'irait jamais vivre en Iran. Vous avez lu *Jamais sans ma fille?* Oui, c'est vrai, je vous l'ai déjà demandé.

Et je vais peut-être t'épater, mais les Indiens du lac Titicaca, ils se construisent des îles en roseaux,

1. Tiens, je vais en faire le titre de ce livre!

ces cons, avec une hutte dessus. Plus commode pour pêcher. Faut pas redouter les rhumatismes, hein ?

Malgré sa promesse, la kinési ne me reçoit que vingt minutes plus tard, alors que je suis complètement au fait de la vie édifiante de Marguerite Déjanté. La vie des autres a beau ressembler à des murs de chiottes de gare maghrébine, elle présente toujours un certain intérêt, au plan humain.

Tu ne passerais pas tes vacances avec un Indien du lac Titicaca, toi ? Moi non plus, pourtant c'est sympa, ces glandus, de leur voir fabriquer une île artificielle végétale, alors qu'on n'est tout de même pas si mal que cela sur la terre ferme, malgré les présences malodorantes qu'on y subi.

— Le temps de me laver les mains, je suis à vous ! promet inconsidérément la gentille dame Dermot.

J'en profite pour abandonner les revues géographiques et m'aventurer jusqu'à la salle de massage. Je mate la table de cuir qu'on peut élever ou abaisser avec une pédale, le tabouret tournant.

— Sympa, fais-je, me parlant à moi-même.

— Vous trouvez ?

— Ça me fait penser à des trucs polissons, lui avoué-je.

Elle glousse, gênée malgré tout, et puis aussi oppressée soudain par notre tête-à-tête.

— Je m'égare, dis-je, vous me racontez, Marie-Louise ?

— Comment savez-vous mon prénom ?

— Il y a les initiales M.-L. sur votre plaque, et puis Mme Déjanté vous a appelée ainsi tout à l'heure.

Elle rit.

— Je croyais que c'était le flair policier ! Bien, qu'est-ce que vous voulez que je vous raconte ?

— La façon dont vous avez vécu la chute de cette femme.

Elle proteste :

— Je ne l'ai pas vécue : je l'ai entendue.

Je m'assieds sur le tabouret et, par jeu, j'appuie sur la pédale. La table s'abaisse. Quand elle est au niveau de ses fesses, je lui intime, d'un geste, l'ordre de s'asseoir. Ce que les bonnes gens sont dociles face à un drauper ! Elle se dépose sur le bord de la table sans marquer le moindre temps mort.

— Alors ? lui dis-je.

— Eh bien, je massais la sciatique de Mme Mordurier, la teinturière de la rue, quand, soudain, un grand hurlement !

Elle obstrue ses deux oreilles et secoue la tête pour chasser le souvenir de ce cri.

— Quelle horreur ! Mais quelle horreur ! Je crois que j'aurai « ÇA » dans la tête jusqu'au jugement dernier.

Je m'abstiens de lui faire observer qu'il est improbable qu'elle vive jusqu'à cet instant fatidique promis par notre Sainte Mère l'Eglise. Je préfère poser ma main la plus préhensile sur sa jambe. Elle est moelleuse, douce et tiède. Franchement, c'est de la bonne chair d'amour ! Mon Nestor à tête ronde se met à faire le beau dans mon bénoche.

— Et puis ensuite, ma gentille Marie-Louise ?

— Nous nous sommes précipitées dans l'escalier, moi et Mme Mordurier.

Elle éclate d'un rire nerveux, s'en explique :

— Je me marre parce que cette pauvre Mme Mordurier étant nue, elle a seulement placé la serviette de bain devant elle et on lui voyait les fesses, mais elle ne s'en est pas rendu compte tout de suite.

— Qu'avez-vous vu en dehors des miches de la teinturière ?

— J'ai regardé en bas. J'ai tout de suite reconnu la pauvre Fleur-de-mai écrasée sur le dallage.

— Elle était seule ?

— Toute seule.

— Poursuivez, ma chérie.

Je poursuis également de mon côté, par une reptation de ma dextre sur sa cuisse duveteuse.

— Je me suis élancée pour aller voir.

— D'autres personnes, dans l'escalier ?

— Vous pensez : un cri pareil !

— Qui ?

Elle ferme les yeux. Est-ce pour réfléchir ou parce que je suis déjà en train de caresser le renflement à ressort de sa petite culotte ?

— Ben, finit-elle par accoucher, y avait les deux gousses du haut avec leur petite main ; et puis ce gros goret à trogne violacée qui, depuis quelques jours, vit chez la Genitrix... Y avait aussi Mme Mordurier, cul nu, que je viens de vous causer. La vieille Russe du dessous s'est ramenée plus tard car elle marche plus très bien de ses jambes. Enfin, y avait maître Flatulence-Alaïe.

— Il est arrivé après vous ?

— Non. Quand je suis parvenue en bas, il s'y trouvait déjà. Paraît qu'il était dans l'ascenseur lorsque Fleur-de-mai s'est écrasée. Pendant qu'on regardait la pauvre fille, du monde est arrivé de dehors, parce qu'un gars mettait des imprimés dans nos boîtes aux lettres quand la chose s'est produite et qu'il s'est sauvé en ameutant ! Vous savez combien les passants sont charognards. Un rien de temps, l'immeuble en bas était plein. C'est alors que vous êtes survenu, au bout de peu. C'est curieux, mais je vous ai tout de suite repéré. Pourtant je suis une femme sérieuse : mariée, un petit garçon. Mais un homme comme vous, franchement, il attire le regard. Vous avez un *look*, quoi.

« Mais dites, vous me renversez sur ma table de massage ! Je peux vous jurer une chose : c'est la première fois que je m'y couche. On voit bien le plafond, comme je suis. Je crois qu'il se forme une lézarde, non ? Vous voyez, à partir du lustre ? C'en est une, hein ? Bien ce qui me semblait : je vais dire à Justin de venir le repeindre. Il gratte, colle une espèce de bande toilée et peint par-dessus. Dites, je vous signale que vous m'enlevez ma culotte. Et je ne sais même pas votre nom, ni quoi, ni qu'est-ce. Comment ? Antoine ? J'aime bien. Comme Antoine de Caunes ? En voilà un, tiens, qui est drôle. Et séduisant aussi ! Dites, Antoine, c'est pas sérieux ! Mais qu'est-ce que vous me faites ? Oh ! ben non, si vous le prenez comme ça ! Je pars au quart de tour, moi, avec une langue dans la chatte ! Clitoridienne comme je suis !

« Non ! Antoine ! C'est de la folie ! Je vais crier ! Quand je jouis, c'est presque comme la grosse de tout à l'heure. Mon mari me met l'oreiller sur la figure quand on dort chez ses parents ! Oh ! Oh là !... Non ! ne me faites pas partir toute seule, chéri : pensez à vous ! Vous seriez lésé. Je sais bien que vous pourrez me prendre après, mais séparément, c'est pas pareil ! Ah ! vous êtes gentil d'arrêter ; croyez-moi, c'est mieux. Attendez, je m'avance des fesses. Là, ça vous va comme ça ? Oh ! ben dites donc ! Vous avez été servi par la nature, vous ! Y a longtemps que j'en ai pas pris une de ce calibre ! Vous croyez qu'Antoine de Caunes en a une pareille ? Vous ne savez pas ? C'est pas une question de prénom ?

« Allez-y tout doucettement, mon loup : sans être étroite, je ne suis pas un centre d'hébergement ! Ah ! oui ! Ah ! oui ! Là, c'est parfait. Emballez pas le mouvement trop fort, à cause de ma table qui est pliante pour mes déplacements à domicile et qui a donc des pieds assez fragiles ! Préparez-vous parce que je ne vais pas pouvoir vous attendre longtemps. Je vous ai prévenu : je suis clitoridienne. Après une langue fourrée, pour me retenir c'est bernique ! Oh ! comme c'est langoureux, Antoine ! Antoi oi oi ne ! Oua oua oua oua oua oua oua oua ouane ! »

Clameur !

Imitant le mari, j'endigue ; mais avec la main, faute d'oreiller.

Elle a une période de bruyance pulmonaire. Son souffle reste rauque, elle pantelle, les jambes de part et d'autre de la table qui, me semble-t-il, guingoite et prend de la gîte par tribord.

— Eh bien, finit-elle par articuler, ça s'appelle être prise au dépourvu, Antoine ! Sur la tête de ma pauvre maman, c'est la première fois que je me fais enfiler sur ma table de travail.

Constatant l'état de cette dernière, je me dis que ce pourrait être aussi la dernière.

— Vraiment vous êtes un terrible, Antoine ! Ils sont tous comme vous dans la police ?

Je lui réponds que la plupart en effet.

— Voyez-vous, dit-elle, confuse, j'aimerais que nous nous revoyassions. Aujourd'hui, ça s'est fait si curieusement que je n'ai pas pu profiter totalement de votre belle queue, et c'est dommage, un tel outil de travail ! C'est une belle bête qu'on aimerait dorloter un peu avant de la prendre dans les miches. La flatter, la bisouiller, si vous voyez ce que je veux dire ?

— Je vois complètement, assuré-je.

Un méchant coup de sonnette vient mettre un terme à mon audition de témoin. C'est Mme Roséador, femme de ménage portugaise de son état, qui vient pour la rééducation de sa jambe cassée. Elle se trouvait juchée sur un escabeau, à faire les vitres d'une grande fenêtre à la française, quand un coup de vent brutal a écarté l'autre panneau, ce qui a renversé le perchoir de la pauvre Préciosa

Roséador. Dites ! Et pas de sécu : elle travaillait au noir ! C'est bien la merde, non ? Déjà qu'elle est portugaise avec des paquets de cresson gros comme des choux-fleurs sous les bras !

La bibise de l'au-revoir-à-bientôt et je sors.

Me casse le nez sur maître Flatulence-Alaïe qui, cette fois, s'en va pour tout de bon de l'immeuble.

— Ça marche, cette enquête ? me demande-t-il avec ce petit air sardonique qui me fait le regarder comme si j'allais lui administrer quinze coups de talon en pleine gueule.

— On n'a jamais l'impression que ça marche vraiment, mon pauvre maître, réponds-je, mais on finit pourtant par arriver à ses fins.

Il baisse la voix et chuchote :

— Vous permettez : on ne se gêne pas entre hommes. Je vous signale que vous avez éjaculé sur le bas de votre pantalon.

— Ne m'en parlez pas, dis-je sans m'émouvoir : ça m'arrive fréquemment quand je parle trop vite.

— Vous voulez un kleenex ?

— Non, merci, j'ai les miens, ainsi que des tampons détacheurs : l'organisation est une des forces de la Police.

Il quitte l'immeuble.

Moi, je vais sonner à la dernière porte : celle de Mme Alexandra Yourovitch.

CHAPINENLAIR

Il existe des personnages qui font beaucoup pour l'intéressement à l'existence. Des gens à part, bien à eux, fascinants. Mme Yourovitch en fait partie.

C'est une dame tellement âgée que c'est plus la peine d'en parler. Tellement ridée que si tu lui repassais la frite, son visage serait large comme une ombrelle ouverte. Tellement rousse que l'autoportrait de Van Gogh ressemble, en comparaison, à Piccadilly Circus dans le brouillard. Tellement fardée que la palette-échantillon des établissements Ripolin fait songer à celle d'une maison spécialisée dans les accessoires funéraires...

Bien qu'habitant la France depuis fin octobre 1917, cette exquise personne parle un français mal audible. Elle vient m'ouvrir, appuyée sur deux cannes ouvragées. Le pommeau de l'une représente une tête de canard en argent, celui de l'autre, une tête de nœud, Mme Yourovitch affectionnant les gadgets polissons.

Sourire carnassier de vieille ogresse réduite au végétarisme.

Eternelles présentations :

— Navré de… police… puis-je-t-il me permettre de… ?

Tu parles ! L'aubaine pour cette échappée de la Révolution d'Octobre,veuve d'un Français fortuné mais très peuple, que l'accent et les outrances de son épouse ont épaté jusqu'au Père-Lachaise.

Introduction trottinante dans un salon qu'aurait adoré Sarah Bernhardt. Fauteuils crapauds, tentures à franges, objets d'argent, d'ivoire, d'acajou. Photos passées de personnages qui le sont plus encore.

Elle me parle de son père (dont, moralement, je sodomise la mémoire). Il était général. Portrait d'un gâteux à épaulettes à l'appui. Je me farcis le papa ; vient ensuite la maman, re-portrait d'une dondon à l'œil de vache.

J'endigue :

— Pardon de vous interrompre, princesse.

Ça la courjute. Princesse ! Son rêve ! Ne dit pas non. Ramasse. Bon à prendre.

— Je suis talonné par le temps, plaidé-je, mais j'aurai un grand bonheur à repasser vous voir pour vous entendre parler de la Sainte Russie.

Je me signe à l'orthodoxe, les doigts réunis comme par une pincée de sel Cérébos et en invoquant le Saint-Esprit sur l'épaule droite. Ça la bouleverse autant que le titre de princesse.

— Je sollicite, Majesté, de votre haute bienveillance votre relation du drame qui vient d'ensanglanter cet immeuble. Est-ce-t-il trop demander à votre énorme bienveillance un récit suce sein des faits ?

Remettez-nous ça, la princesse ! Pour la énième fois, j'ai droit au « terrible » hurlement, aux gens qui se pressent autour d'un gros cadavre noir, baleine échouée, que l'hélice d'un navire a hachée !

Elle a radiné la dernière de l'immeuble sur le point de chute, bien qu'étant la plus proche. Fatalement : avec ses pattounes nazebroques ! Elle allait manger caviarrr, parrrrrce que rrrégime dissocié elle fait, quand afrrrreuse chose arrrive !

Pendant qu'elle russifère, je me frotte la cervelle au gant de crin pour en faire jaillir des idées, et la seule qui se constitue (c'est une certitude plus qu'une idée) est la suivante : si Fleur-de-mai a été tuée, elle l'a été par quelqu'un DE l'immeuble. Or, dans cette maison réside présentement un seul homme : maître Flatulence-Alaïe. Il se trouvait dans la cage d'escalier au moment du drame. Il est sympa comme une diarrhée verte, fort comme un Turc, probablement franc comme le témoin à décharge d'un maffioso. Malgré tout, je l'imagine mal embusqué sur le palier de la Noire, dans l'attente d'une éventuelle sortie de celle-ci.

Ça y est, l'archivieillarde est repartie à bajafer. Me casse les bourses avec le Sir de Montignac (l'homme qui s'engraisse à faire maigrir). Elle a déjà perdu quatre cents grammes en six mois. Davantage, elle disparaîtrait par le siphon des chiottes en tirant la chiasse d'eau ! Le duraille avec ce genre de cliente, c'est de s'en arracher. Elles baisent ou jactent, suivant l'étage. Depuis un moment et comme pour ajouter à mon supplice, un petit truc dur placé dans mon fauteuil me gratte le cul insistamment. Je coule une main discrète sous mon fond de bénoche et, avec la même discrétion, j'en ramène une bûchette de bois de réglisse.

Coup de cymbale sous le dôme de l'Antonio. Bouingggg !

Je prends la farouche détermination d'en avoir le cœur net.

— Vous aimez la réglisse, Majesté ? dis-je d'un ton mutin en brandissant ma trouvaille. Voilà qui me rappelle mon enfance : j'en mâchais en classe pendant que l'instituteur s'escrimait à nous faire conjuguer les perfides verbes du troisième groupe !

— Oh ! grand Dieu, j'en serais bien incapable, récrie la survivante du massacre d'Iekaterinbourg ; vous savez pourquoi ? A cause de mes dents !

Je considère son râtelier longue durée aux incisives pareilles à une alignée de petits rats d'Opéra à la barre.

Ses ratiches, mémé, y a un demi-siècle qu'on les a balayées en faisant le ménage ; maintenant, elle fonctionne au vinyle, la vioque, en se risquant plus à casser des noix !

— Vous recevez des enfants, probablement, ajouté-je, toujours d'un ton indifférent.

— Heureusement, je n'ai pas descendance, déclare-t-elle. Mon époux avait eu orrreillons. Enfants, gâchent la vie !

— Alors, à qui cette réglisse ? obstiné-je.

Je ne devrais pas, mais la curiosité m'éperonne.

Elle me répond d'un haussement d'épaules évasif. Elle s'en tartine le jubilée, la Grande Catherine. Ce minuscule morceau de bois sec et jaune tient autant de place dans sa vie que la prise de la smala d'Abd el-Kader par les troupes du duc d'Aumale. Je vais m'en aller sur ce mystère.

— Mes hommages enveloppés de respect, princesse, lui dévidé-je en la quittant.

A la seconde où je retrouve le hall, voilà deux infirmiers qui se pointent en coltinant un brancard. Décidément, les événements vont bon train dans cet immeuble, comme disait un chef de gare.

Je les suis pour en savoir davantage.

Ils n'escaladent qu'un étage et se rendent chez ma chère kinési, Mme Dermot. Elle est dans tous ses états ! Le fin mot ? Sa cliente, Mme Préciosa Roséador, a cassé sa seconde jambe en tombant de la table de massage que nous avons démantelée en baisant. Toujours sans protection sociale, la pauvre ! T'as vraiment des gens qui ont la guigne, avoue. Deux jambes cassées à la file, Portugaise clandestine, pas d'Assédic et, j'oubliais : la salpingite du siècle, sa fillette de 14 ans enceinte jusqu'aux paupières, plus son mari chômeur ; tu mords ce bonheur ?

En m'apercevant, Marie-Louise éclate en sanglots longs, exactement comme les violons de l'automne.

— C'est ma faute ! prend-elle-tout-à-sa-charge. Il faut que je compense ça : je ne lui ferai pas payer le massage d'aujourd'hui.

Et alors, je vais te dire : l'Antoine, carrément prisonnier de cet immeuble, au lieu de s'en aller pour rencontrer mon ministre qui fait le nez de grue dans son ministère de la place Bellevache, regrimpe dans les étages. Pourquoi ne me suis-je-t-il pas servi une seule fois de l'ascenseur ? Faudra. Tiens : pour redescendre !

Je joue l'abbé bête qui monte, qui monte, jusqu'au 4e. Si tu as une bite de canari, mais une mémoire d'éléphant, tu te souviens que c'est celui de l'avocat. Et tu n'as pas oublié qu'il est sorti de la maison, le cher maître, au moment où je quittais, enfoutraillé du bas, la masseuse.

A mon cher petit sésame d'interviendre[1].

Moi qui, en maths, étais peu doué pour les fractions, je le suis en revanche pour l'effraction. Si j'avais eu l'infortune de rencontrer le bon Louis XVI (au cours d'un dîner de têtes, par exemple), on se serait probablement lancés dans une converse sur la serrurerie.

J'ai toujours été fasciné par la clé. Celle des champs principalement. Cette tige métallique qu'on introduit dans un trou et qu'on tourne me paraît magique. Plus on tâtonne, meilleur c'est ! Il y a une griserie dans la sollicitation d'une serrure inconnue, qu'il va falloir convaincre et vaincre à force de doigté et de patience. Tu sais que je leur parle, aux serrures, en cours d'action ? Leur chuchote des mots d'amour, des phrases apprivoiseuses : « Laisse-toi faire, ma chérie... Doucement... Tu te rends compte comme c'est bon, ma

1. Des lecteurs inquiets m'écrivent pour me demander ce que je ferais s'il m'arrivait de perdre ce précieux auxiliaire de mes effractions. Je les rassure : je m'en suis fait confectionner une douzaine et les ai rangés en lieu sûr.

puce ?... Tu me sens bien, dis ?... Encore un peu plus profond ?... Voilà... T'es sûre que ça vient ?... Tu le prends, ton pêne, *darling* ? »

Faut les enjôler, ces garces. Les subjuguer ; persévéranter. Qu'elles comprennent d'emblée qu'elles n'auront pas le dernier mot. Qu'elles sont là pour créer chez un con une illusion de sécurité. Rien d'autre. Mais les plus rébarbatives trouvent leur maître. Une serrure c'est rien d'autre qu'un pucelage.

Celle de maître Flatulence-Alaïe, c'est pas une caractérielle, je te rassure. Elle pige rapido qu'elle l'a dans le cul ; alors elle cède (et elle s'aide).

Me revoici dans l'antichambre. Du point de vue architectural, ces appartements sont identiques à chaque niveau. Entrée, living, deux chambres. Une pièce indécise que l'on peut interpréter selon des nécessités professionnelles : bureau chez une profession libérale courante, salle de radiologie pour un toubib, ou de couture pour une couturière.

C'est par elle que je vais débuter ma perquise clandestine.

CHAPINAMBOUR

Le louche plaisir que j'éprouve à fouiller dans les affaires des autres relève-t-il du sadisme ? Je me le suis souvent demandé. En tout cas, c'est une forme de viol. Je ne voudrais pas scandaliser mon lecteur en déclarant ici que je conçois l'agrément que peut fournir un viol à certains individus solitaires qui doivent compenser par un acte de violence leur manque de communicabilité. La partie que je suppose agréable du viol ne réside pas dans le bas assouvissement, mais dans ses prémices. Réduire une dame vêtue à l'état de dame « défaite » engendre une succession d'attitudes et d'images susceptibles de combler bien des libidos.

Conscient du fait, j'ai choisi d'explorer la partie la plus subtile et la moins dangereuse de cet acte réprouvable : le viol par séduction. Je t'en prends pour récente démonstration la manière dont j'ai enfilé la kinési du premier, il y a peu. Elle ne m'attendait pas, moi non plus. Les circonstances nous mettent en présence. Nos ondes se sautent dessus et s'enchevêtrent. Je l'entreprends avec toute la technicité dont je dispose. Elle subit l'instant, puis le mec et son chibre. Et une frivole de plus au palmarès du champion de la tringlée fantasque !

Pour t'en revenir, après ce demi-viol, voilà que j'en perpètre un second. Un vrai, celui-là. Viol d'un domicile. Et chez un avocat ! Gonflé, non ? Aucun mandat de perquise. Une suppose que le cher maître se pointe inopinément, il peut me faire embastiller, destituer à vie, arracher du poitrail toutes les décorations que je n'ai pas. Larirette, larirette !

Son bureau, bien rangé, pas bordélique le moindre. Le Dalloz, d'autres *books* de droit dans une bibliothèque aux portes grillagées. Des classeurs classiques, bourrés de dossiers qui rébarbatent, attachés par des sangles : *Achtung !* C'est du sérieux. Ordre alphabétique, je te prie de constater.

Un burlingue Louis Chose d'époque, avec coins en bronze que ça représente des déesses lascives. Un seul tiroir. Dedans ? Du petit matériel : papier à en-tête, agrafeuse, boîte de trombones, lot de crayons, stabilobos et j'en passe.

Sur une table métallique : le fax, le répondeur bigophonique, une photocopieuse. Derrière ladite table à roulettes porteuse de modernisme : un coffre-fort très traditionnel. Bauche, je crois. Ou peut-être Fichet ? Voire Roux-Combaluzier. Comment ? Qu'est-ce que tu dis ? Roux-Combaluzier ne font pas des coffres mais des ascenseurs ? Et alors ? C'est pas une espèce de coffre, un ascenseur, pauvre fromage !

Je dégage la table pour le regarder en pleine figure. Merde ! Il est à combinaison, le seul cas où mon sésame décline l'invitation pour incompétence. Et moi, c'est pas mon fort, l'extra-tactile. J'ai connu des craqueurs surdoués qui venaient à bout des systèmes les plus sophistiqués, comme un cruciverbiste chevronné se fait les mots écrasés du *Figaro*. La seule tentative que je peux exécuter, c'est la date de naissance du gros gueulard. Le nombre de gens qui programment ça sur leur case trésor est stupéfale. Les mecs manquent d'imaginance.

Je farfouille dans le dossier marqué « Assurances » de l'avocat. En un tournedos (j'ai faim) je code 8-1-1947. Zob ! Ultime tentative : 8-1-47 !

Le cul bordé de nouilles. Et des Buittoni, espère ! Je perçois le léger « clac ! » approbateur. La lourde se rend. Si tu estimes que j'ai vraiment du génie, écris-le à maman, ça lui fera plaisir de constater que les gens pensent comme elle !

Voilà le fameux Sana agenouillé devant le coffiot.

Il est de dimension très moyenne et comporte deux rayons. Sur celui du haut se trouve un album à couverture de faux cuir destiné à recevoir des photos. Le second rayon est logiquement le plus chargé : il abrite un seul dossier d'un autre type que ceux alignés dans les classeurs. En cuir, avec une serrure.

Réapparition de sésame pour qui c'est de la basse broutille. Je compulse rapidos, ne comprends pas chouchouille, fourre les feuillets dans mon bénoche, referme le système à serrure et remets le dossier en place.

Au moment où je m'apprête à clore le coffre, une impulsion (en anglais *impulse*) me pousse à regarder l'album de photos. Tu veux bien siffler pour moi, Lucien ? J'ai un bouton de fièvre à la lèvre. Merci.

Là, c'est du très chouette ! C.D.Q.S. (clichés délimités de qualité supérieure).

Décidément. C'est trop beau, je le garde !

*
**

Le planton (suant sous sa veste) m'apostrophe :

— Monsieur le directeur !

— Mouiii ?

— Un estafette est venu du ministère avec un pli pour vous qu'il m'a chargé de vous remettre en mains propres.

— Cher ami, serez-vous vexé quand je vous aurai donné ma parole d'homme qu'estafette est féminin ? On dit *une* estafette, même quand elle a des bottes, un casque de motard et qu'elle pue des pieds.

Je cramponne le pli à en-tête de l'Intérieur.

— Quand à me remettre ce message en main propre, il eût fallu pour cela que vous vous les lavassiez après la lecture de votre journal !

Je le quitte, déconfit, et grimpe en éventrant sauvagement la babille du ministre. Je t'en livre le contenu in extenso, ou in partibus, si tu as une préférence.

Pas de préambule, même pas « Monsieur ».

Surpris, très surpris d'être sans nouvelle de vous. Votre successeur prendra ses fonctions demain à 14 heures 30 ; je vous prie instamment de l'accueillir pour lui faire les honneurs de la Maison.

Je vous signale qu'une chaîne de télévision a téléphoné à mes services pour demander s'il est exact que votre prédécesseur a disparu.

Salutations.

« Une histoire d'amour qui finit mal ! » me dis-je. Nous ne sommes cependant antipathiques ni l'un ni l'autre !

En tout cas, pour l'heure, il n'est plus question de créer ma fameuse brigade spéciale. Alors quoi ? Je redeviens commissaire ou je démissionne ? En ce dernier cas, dans quoi me convertirai-je ? Il n'y a pas grand-place pour l'artisanat dans mon job.

Pour l'une des ultimes fois, je pénètre dans MON bureau. Pas du tout le cœur lourd. En fait, j'ai passé mon temps à le fuir depuis que j'y ai accédé. Je suis une pierre qui roule, moi. Je n'amasse pas de mousse, mais au moins je me marre !

Je prends place sur mon trône et dispose mon butin devant moi, à savoir : un bel album de photos, un dossier à décrypter, un bouton nacré de couleur bordeaux, un morceau de bois de réglisse mâché et un second, intact.

Biniou interne.

— Mathias ? Tu viens me rejoindre ?

— J'arrive.

Il n'est pas long et a dû sauter des marches.

— Tu laisses la porte ouverte ? m'étonné-je quand il est entré.

— Mon assistante me suit.

Son assistante, nièce et maîtresse !

Il se précipite sur moi.

— Que viens-je d'apprendre ? Tu quittes tes fonctions, Antoine ?

— La radio ? demandé-je.

— Oui, et aussi la télé ; ma femme vient de m'appeler. C'est donc vrai ?

— De la tête aux pieds.

— Que vas-tu devenir ?

— Un fonctionnaire limogé, mon chéri. Il y en a eu d'autres et il y en aura encore.

Deux rubis de belle taille sortent de ses yeux et, tu sais quoi ? Ce sont des larmes !

— C'est profondément injuste, déclare-t-il. Si tu pars, je donne ma démission !

— Déconne pas, Rouillé ! Tu as dix-huit gosses dont la moitié en bas âge !

Entrée de sa nièce-assistante-maîtresse. Dans le service, ils l'ont surnommée *Red Dahlia,* parce qu'elle ressemble à cette fleur rouge. Elle rentre de vacances et le soleil devait sembler pâlichon au-dessus d'elle.

Mathias, en réponse à ma question, me dit qu'ils ont exploré minutieusement la salle de bains de Thérèse Genitrix et que, fectivement, ils y ont relevé des traces de sang, groupe O, qui est celui de la comédienne.

Là-dessus, la porte du petit baisodrome incorporé que le pauvre Chilou avait fait aménager, s'ouvre, et une fabuleuse fille nue en sort à reculette, tout en demandant à quelqu'un resté à l'intérieur :

— Où dis-tu qu'il est, le téléphone ?

— Ici ! réponds-je.

Elle décrit un saut de cabri que l'on pourrait donc qualifier de « cabriole » et nous fait face sans chercher à masquer ses charmes qui sont nombreux et certains.

Je lui montre le bloc bigophonique sur mon bureau, avec ce sourire franc et massif qui oblige les dames à essorer leur culotte.

— Pardon, dit-elle, je ne savais pas !

Une *colored* légère, dans les tons bronze pâle. Gabarit mannequin, regard tirant sur le fauve-à-reflets-mordorés. Bouche presque noire, comme l'embout de ses seins admirables.

Elle est triomphale, cette petite. Son sourire éclatant dit qu'elle a conquis le monde et va passer aux planètes de la périphérie.

Je vais pour m'enquérir des raisons qui lui font occuper mon futur ex-bureau, mais quelqu'un apparaît à son tour, qui me dispense de toute question : Toinet ! A poil lui aussi, superbe dans son adolescence finissante, avec un beau membre qui guillerille, des côtes un peu trop saillantes, des fesses d'Apollon, le ventre plat avec, en son centre, un œil de cyclope frondeur et des poils encore blonds qui s'essaiment sur sa poitrine, ses avant-bras et ses mollets.

Il sourit à la ronde.

— Bonjour, monsieur Mathias. Bonjour, mademoiselle ! Vous êtes la nièce ?

Il s'approche, magnifique d'impudeur, serre les mains de mes laborantins.

— Je te présente Murielle, il me dit en prenant la ravissante par la taille ; c'est le témoin qui a vu l'assassin de la comédienne.

Là, je fais tilt !

— Attends, fais-je, ne bouscule rien, fiston, apprends à raconter posément les choses, sans intervertir l'ordre des facteurs, comme on dit dans les Postes.

Je procède à un ramonage de gorge express.

— Au début de l'après-midi, tu as disparu pendant que je répondais au téléphone, reprends-je ; où t'es-tu rendu ?

— Eh bien, rue François-Mauriac.

— Pour y faire quoi ?

— Enquêter ! Tu ne m'as pas dit que j'allais faire partie de ta troupe d'élite ? J'ai voulu commencer tout de suite.

— Mais commencer quoi, bordel ?

— Eh bé, mon enquête ! Je me tue à te le dire.

— TON enquête ?

Ce que c'est cocasse, comme situation : ce jeune couple beau et nu, devant deux rouquins en blouse blanche.

— TON enquête si tu veux, grand ! rectifie l'éphèbe. On ne va pas se tirer la bourre d'entrée de jeu. Donc je suis allé là-bas, devant l'immeuble. Y avait tout un remue-ménage à cause d'un suicide, parmi les personnes que ce ramdam avait attirées : Murielle pérorait en compagnie de gens du quartier. Je t'ai vu rappliquer et me suis dissimulé pour ne pas te gêner dans tes investigations.

— C'est gentil.

— Maintenant, j'ouvre une parenthèse : Murielle est étudiante à la faculté des langues orientales. Ses parents sont d'origine pakistanaise et tiennent un restaurant... pakistanais, en face de la maison de Thérèse Genitrix. Ils possèdent un appartement au-dessus de leur établissement. Murielle qui est vachement studieuse passe ses heures où elle n'a pas cours devant la fenêtre de sa chambre, à étudier.

— Déjà tout compris, dis-je. Depuis ce poste d'observation...

— Brûle pas les effets du mec, grand ! On le sait que tu es un surdoué du chou ! Donc, tantôt, nous lions connaissance, elle et moi. Les atomes crochus.

— C'est ce que je crois comprendre, ironisé-je.

— Quand j'apprends qu'elle habite en face, je risque le paquet : une supposition qu'elle ait vu sortir quelqu'un de la maison « du crime », il y a deux mois, portant deux lourdes valises blanches ?

« J'aborde la question et — miracle — elle se rappelle très bien la chose. Du coup je lui demande de venir ici pour que tu la questionnes ; tu n'es pas là, le temps passe, je lui montre le délicieux studio attenant. »

— Et une chose en amenant une autre, vous voici magnifiquement nus, conclus-je. Je crois que vous vouliez téléphoner, mademoiselle Murielle ?

— A mes parents, oui, pour leur dire qu'ils ne s'inquiètent pas ; je rentrerai tard.

Elle vaporise sur Antoine bis un regard énamouré.

Antoine me demande :

— Tu pourras m'ouvrir un crédit pour sortir Murielle ?

Je souris affirmativement.

Après l'avoir rentrée, il la sort ; normal !

*
**

Or donc, les choses se seraient déroulées comme chez Déroulède.

En fin de matinée, au mois de mai. Murielle venait de marquer une pause. Elle préparait un examen. N'ayant pas pris de petit dèje, elle est descendue se confectionner un sandouiche au krahma-koudour (avec du pain de maïs c'est exquis). L'idée lui est venue de le manger sur le pas de la porte pour se ventiler un peu les méninges. Il faisait un temps de printemps ; comme il n'en existe qu'à Paris lorsque Paris décide de sourire. Le pied !

Pendant qu'elle clapait, une petite fourgonnette rouge de Messageries-en-Ville a tourné le coin de la rue en trombe et renversé un scootercycliste. Heureusement, le gars portait un casque, si bien que seule sa péteuse a été endommagée. Le conducteur de la fourgonnette (un type jeune) et l'accidenté ont failli s'empoigner, puis le ton a baissé et ils ont fini par faire la seule chose cohérente : un constat sur leurs talbins respectifs d'assurance.

Pendant ce temps, Murielle a fini son petit en-cas et a regagné sa chambrette.

Comme elle se remettait au travail, elle a vu arriver la fourgonnette qui s'est rangée devant le 116. Le chauffard qui la drivait s'est engouffré dans l'immeuble. Elle n'y a pas prêté une attention particulière, mais dix minutes s'écoulent et elle perçoit de nouvelles vociférations dans la rue. C'était à nouveau ce con de chauffeur qu'un vieux monsieur traitait de malotru parce qu'il venait de le flanquer par terre avec les grosses valises blanches qu'il portait comme un idiot, en les balançant. Le messager à la noix était mal embouché et invectivait sa deuxième victime, à tel point que des passants, outrés, ont voulu le prendre à partie, notamment le boucher de la rue. L'autre a chargé ses valises dans sa fourgonnette et s'est cassé en tirant des doigts fourrés par sa portière. Donc, l'incident a marqué la mémoire de Murielle (elle est née en France et porte un prénom de chez nous).

— Mon fils, dis-je à Antoine II, c'est Dieu qui t'a fait rentrer aujourd'hui.

Je lui donne un billet de 500 pions pour sustenter sa conquête et conseille aux tourtereaux d'aller se rhabiller car, comme l'affirmait ma bonne grand-mère : « On s'enrhume par les pieds. »

— Je crois que ça va être un bon, murmure Mathias quand ils ont quitté le bureau.

Je ne sais s'il fait allusion à ses prouesses policières ou amoureuses. En attendant d'approfondir cette question, je lui remets le dossier dérobé à l'avocat.

— Etudie ça de près et, si tu parviens à te former une opinion, tiens-moi au courant.

CHAPRISTI

— Pour ma part d'en ce qui me concerne, déclare Béru, y a deux catégories d'animals : ceux qui sont gentils et que je mange, ceux qui sont méchants et que je bute.

Cette démarche ne laissant pas beaucoup de place à la survivance des espèces, je lui en fais la remarque. Il hausse les épaules.

— J'exceptionne le chien, admet-il ; l'existe des braves cadors, fidèles compagnons de l'homme et toutime. S'il a pas trop d'puces, j'l' tolère ; mais faut non plus qu'y viende me passer sa menteuse su' la frite ou bien m'engourdir mon sauciflard à l'ail.

Cette converse s'est déclarée dans une impasse de la banlieue nord, impasse au bout de laquelle se trouve un pavillon de parpaings que des propriétaires négligents ou peu fortunés n'ont pas fait crépir. Nous y avons été accueillis par des oies qui, pour ne pas être celles du Capitole n'en font pas moins un boucan du diable à notre survenance, en outre une saloperie de jars (excusez-moi, Maurice et Jean-Michel que je vénère) qui s'en est pris dare-dare aux gros mollets de Sa Majesté.

Béru pour qui de telles agressions sont intolérables, s'est débarrassé de la teigneuse bête en lui pralinant une bastos dans le caisson. La tronche du jars a éclaté et, mû par la provisoire survivance d'un système nerveux à toute épreuve, l'oiseau s'est sauvé dans un coin d'ombre.

— Non, mais ça va pas, le sac-à-vinasse ! ai-je fulminé.

— Légitime défense ! a répondu le jarsmicide en renfouillant.

Par chance, une route à forte circulation passe derrière le pavillon et la détonation de l'arme s'est perdue dans un brouhaha pétaradeur.

— Tu veux dire légitime défonce ! rectifié-je. Quand je suis passé te prendre, tu étais déjà pété !

— Faut rien eguesagérer ! Juste on a pris quelques pots avec Séraphin Sillon, le maire d'Saint-Locdu-le-Vieux qu'est d'passage à Pantruche !

Les oies continuent de nous houspiller jusqu'à la maison, comme pour lyncher le meurtrier de leur mâle.

La nuit est en train de tomber sur cette banlieue sans grâce qui pue les gaz d'échappement. Une moto 500 cm^3 d'origine japonaise tient compagnie, dans un appentis à une Renault 11 passablement cabossée.

Nous frappons à une porte vitrée munie d'un rideau protecteur. Une voix d'homme travaillée au jaja de manar, lâche :

— Qu'est-ce y vient faire chier ?

Pour répondre à cette angoissante question, une

dame nous ouvre. La cinquantaine dévastée par une obésité à laquelle s'ajoute une collection de fibromes. Elle a une gueule de sorcière mafflue, le regard qui se liquéfie sous l'effet de l'alcool, des varices comme du lierre après des troncs et elle pue à vous en faire gerber votre quatre heures.

— C'qu' v'lez ? demande-t-elle en ponctuant d'un hoquet de gladiadeur.

— Parler avec M. Ernest Chespire.

J'ajoute, d'un ton confidentiel :

— Nous sommes de la police.

— Qu'est-ce qu'il a encore fait, c't'enculé ? s'interroge-t-elle, et nous en même temps. (Puis, à l'intérieur de la maison :) Neste ! Y a là deux poulets qui te demandent ; t'as encore déconné, grand con ?

— Où t'as pris ça, morue ?

L'organe du père :

— Respec' ta mère, merdeux, qu'sinon je te beigne la gueule !

Re-voix filiale :

— L' vieux con qui la ramène ? Fais gaffe que ça ne soye pas moi qui t'en place une au bouc, Dunœud !

Je mets à profit l'indécision maternelle pour faire ce qu'on fait toujours dans un livre, à savoir : pousser complètement la porte et entrer.

Je tombe sur du Zola époque *L'Assommoir*. De même que le pavillon n'a pas été crépi à l'extérieur, il ne l'est pas non plus à l'intérieur et, franchement, ça fait bizarre, les murs d'une pièce commune en moellons bruts. Quelques lamentables meubles s'inscrivent là-dessus et paraissent accentuer le misérabilisme de l'endroit. Au-dessus d'une table pend une ampoule de cent watts au bout d'un fil.

Les trois membres de cette prestigieuse famille prenaient le repas du soir quand nous nous sommes pointés. Celui-ci se compose de charcutailles sous cellophane acquises dans un supermarket, d'un calandos qui s'abandonne dans sa boîte, d'un pain, d'un kil de rouge. Pour tout couvert : trois couteaux brécheux et trois verres inlavés depuis qu'on les a débarrassés de la moutarde qu'ils contenaient initialement.

Le père est le digne époux de sa femme. Le fils est un rouleur de banlieue : tatouages délirants, boucle d'oreille, tee-shirt noir à emmanchures américaines, jean troué, ceinture de cuir large dont la boucle représente un aigle américain (les aigles américains sont sans noblesse et ont l'œil plus con que les aigles européens, comme ceux des Habsbourg, par exemple).

Me voyant avancer, le gars Ernest cale bien ses deux coudes sur la toile cirée et puise une tranche de mortadelle désenchantée dans son papier. Il la roule telle une crêpe et la mange voracement.

— Excusez le dérangement, commencé-je, j'ai à vous parler.

— C'est plus l'heure ! fait-il sèchement et sans me regarder.

Son hostilité alarme sa chère mère.

— Neste, fais pas la mauvaise tête ! conseille Mme Chespire mère.

— Toi, la grosse pourrie, écrase ou je te fais éternuer ton dentier ! lui conseille son fiston.

Ce qui me paraît insolent, non ? Ou j'exagère ? Tu penses que c'est du conformisme de ma part ? Tu sais, j'ai été élevé dans les bonnes manières par mes parents. Ça doit freiner mon intégration dans le style nouveau.

En tout cas, je ne suis pas le seul. Aboutissement d'une lignée paysanne, Béru partage mon point de vue. D'un formidable coup de talon dans les pieds de sa chaise, il envoie l'effronté à dache. Interlocuté, le vilain se redresse, le regard étincelant comme celui de son aigle abdominal.

— Dites, ça va pas la tête ! bégaie-t-il.

Le Mammouth le biche par la nuque comme s'il entendait lui rouler une galoche et le foudroie d'un franc coup de hure dans la poire.

Ernest tombe à quatre pattes, le visage fêlé de partout.

— Vous allez pas un peu fort ? demande le père.

— Non, répond Béru, car je tolérerai jamais qu'un garçon cause d'c'te manière à sa mère d'vant ma présence. Si vot' sous-merde d'fils vous fait claquer des chailles, moive, y m'impressionne pas.

— Vous y avez fait mal, larmoie la maman.

Ah ! nos mères, nos chères, tendres et incorrigibles mères !

— Pas assez, déclare le Formide.

Il se baisse, saisit le vaurien par son ceinturon et se met à le coltiner comme une valoche.

— Y a une aut' pièce dans vot' bouiboui, les vieux, qu'on pusse causer peinards à c'garnement ?

La dabuche indique une porte. Je l'ouvre. C'est celle de LA chambre. Car il n'en existe pas d'autre. Deux lits disposés en quinconce, des planches assemblées en penderies, et puis un indescriptible bordel.

— J'ai pas eu l'temps de faire le ménage, déplore Mme Chespire. Si j'avais su qu'vous viendrez...

— Tracassez-vous pas, la réconforte le Gros, c'est pareil chez moive.

Il jette son « client » sur un lit de fer dont les ignobles draps se teintent illico de sang.

— Maintenant laissez-nous, dis-je à l'infortunée matrone.

— Vous ne le tabasserez plus ?

— Où avez-vous-t-il pris que nous l'eûmes tabassé ! s'écrie un Bérurier effaré. Mais ma pauv' personne, vous n'avez jamais su c'qu'c'était d'tabasser quéqu'un, j'veuille dire pour d'bon ?

Plus ou moins rassurée, elle se retire.

Mon ami s'assoit sur le second plumard.

— A toive d'jouer, l'grand ! invite-t-il.

Je lui adresse un sourire de gratitude. Pas deux comme lui pour « te préparer » un clille. Je m'accoude au montant sud du lit.

— Ernest, attaqué-je, je vais bien te surprendre ; après ces signes d'énervement tu vas avoir une vraie grande joie. Je suis convaincu que tu as une foule de vilains péchés sur la conscience. Eh bien, tout flic que je suis, je t'en fais cadeau. Ils ne m'intéressent pas. J'attends simplement de toi la chose la plus bête du monde : un témoignage.

Discutons gentiment, en hommes intelligents que nous sommes, toi et moi.

Ça ne l'amuse pas. Il attend.

— Il y a un mois, tu travaillais encore, Nestou. Pour le compte d'un service de messageries rapides à Paris. Tu pilotais une fourgonnette, mais avec tant de fantaisie que tu n'as pas eu moins de huit accidents en quinze jours ; plus deux bagarres ayant nécessité l'intervention de Police-Secours car tu es un sacré teigneux, mon pote. Bien entendu, ton employeur t'a sacqué, et sans indemnités parce qu'il venait de s'apercevoir que tu avais joué du piano dans la caisse. Une chance qu'il n'ait pas porté le pet, sinon, avec le pedigree que tu t'es déjà constitué, t'allais tomber pour un bout de temps, mon drôlet.

« Mais, je te le répète, ce ne sont pas mes oignes, moi je ne fais pas dans le commerce de détail ! J'ai simplement besoin d'un renseignement à propos d'un truc qui ne concerne pas ta vie voyouse. Te rappelles-tu être allé chercher, pendant ta prestation, deux valises blanches, très lourdes, rue François-Mauriac, au 116 ? Pour te rafraîchir la mémoire, tu as embugné un scooter en tournant le coin de la *street.* »

— O-Kai ! O-Kai ! O-Kai ! O-Kai ! s'empresse-t-il en étanchant sa frite compoteuse, je vois très bien.

— Bravo ! Cette course, poursuis-je, n'a pas été consignée chez ton employeur car tu avais l'amusante particularité de facturer pour ton propre compte les commandes que tu prenais toi-même au téléphone pendant que ton singe allait claper.

Je souris ; il plaide :

— Il me payait des clopinettes, fallait bien que je vive !

— Tu n'es pas à confesse, mon fils, ces petites arnarques ne m'affectent pas. Ce que j'entends apprendre c'est QUI t'a remis ces deux valdingues et OÙ tu les a livrées ; pas de quoi péter une pendule, tu vois ? Sitôt que tu m'as affranchi, on se casse, le Père Fouettard et moi.

Le don Juan des cités dortoirs opine :

— Je les ai prises chez une vieille femme, rouquine à mort, au rez-de-chaussée de l'immeuble ; elle portait un nom russe.

— Très maquillée, la mémé ?

— Le carnaval de Rio à elle toute seule ! gouaille le titi voyousard.

— Elle t'a réglé la course ?

— Oui, même qu'elle m'a allongé un chouette pourliche ; je m'attendais pas : en général, les vieux sont rats !

— Et les valises, tu les as livrées où ?

— Je les ai portées dans deux consignes de la gare du Nord, les clés étaient jointes au fric.

— Qu'en as-tu fait, une fois les valoches enfermées ?

— Je les ai scotchées sous le bloc téléphonique de la cabine située en face des consignes. Là encore la vieille avait préparé le rouleau de Scotch.

— Ça ne t'a pas paru bizarre, ce bigntz ?

— La Russcoff m'a expliqué que son neveu lui avait demandé de pratiquer de la sorte. Comme elle-même paraissait givrée de la coiffe et qu'elle m'allongeait cinq cents pions, je n'ai pas cherché à comprendre.

— Et donc, tu as fait ce qu'elle te demandait ?

— Affirmatif !

— Autre chose ?

— Je vois pas.

— Quand tu es allé prendre livraison des valdingues, il y avait quelqu'un d'autre chez la vioque ?

— J'ai vu personne. Faut dire que j'ai pas fait long.

— Les valises étaient lourdes ?

— Des vaches !

— C'est toi qui as pris la commande, n'est-ce pas ?

— Vous le savez.

— Qui t'a appelé pour la course, un homme ou une femme ?

— Une femme.

— Quel genre de voix ? Vieille, jeune, avec accent, sans accent ?

— Comment voulez-vous que je me souvienne ? Il y a deux mois de ça et des coups de turlu, on en reçoit des quantités aux Messageries ; ça n'arrête pas !

Qu'est-ce qu'il peut me dire de plus, ce grand glandeur de mes fesses ?

— Tu crois qu'en faisant phosphorer ta gamberge tu te rappellerais les numéros des deux consignes ?

Il se marre :

— Ça oui, c'était le 6 et le 9. Vous pensez : 69 ! Essuyez vos moustaches !

— Eh bien, ce sera tout, mon grand. Si j'ai un conseil à te donner, c'est de soigner ton pedigree pendant quelque temps car l'année prochaine tu risques fort de devoir témoigner en cours d'assises, Ernest.

Ça l'éperde ! Il bafouille :

— Moi ! Témoigner aux assises, et qu'est-ce que je devrai dire ?

— Rien d'autre que ce que tu viens de me raconter, Nestou. De la sorte, ça te fera un petit repérage en attendant le jour où tu y passeras en vedette !

⁂

La nuit, la gare du Nord est belle comme un film de Marcel Carné. Des gens « pas comme les autres » glandouillent en attendant un dernier train, une obole ou je ne sais quoi ni qui... Paris nocturne est une épopée !

Les cabines 6 et 9 sont disponibles.

En deux mois, depuis, les fameuses valises blanches, elles ont sûrement beaucoup servi. Rien à espérer, mais je tenais à les voir, comme ça, parce que je suis flic et que je dois concrétiser les lieux et les protagonistes d'une affaire.

En attendant, le vieux Chilou est toujours hors circuit, à morfondre en m'espérant ; car il compte que son Bayard de service va déployer sa flamberge et se pointer là où il est bouclarès. Béru traîne la grole en maugréant. Toujours le même objet de tourment, ce gros sac : la faim. Heureux, les animaux comme lui qui n'ont dans la vie qu'un unique souci : se sustenter. Ils somnolent, puis partent en chasse ; bouffent et se rendorment. A la saison des amours, ils se reproduisent et vite replongent dans le cycle de la croque.

— Bon, me dit-il, on a fini pour c'soir ou quoice ? J'ai les godasses d'plomb, mec. Ça n'arrête jamais, av'c ta pomme ! Mon pote Sillon, l'maire d'Saint-Locdu-l'-Vieux, m'a apporté une gamzoule de tripes, j'espère qu'ma vacherie d' femme m'en aura laissé. Elle les raffole, la gueuse ; bâfreuse comm' j' la sais, elle peut très bien s'l'êt' tout enfoncé dans l' corps. Cinq kilos ! Elle m'a fait l'coup av'c des caillettes l'an passé : douze pièces elle s'a foutues. J'ai cru qu'elle allait en crever, mais ç'a été une fausse joie : une cuillellérée d' bicarbonade d' sourde, et é l'était r'quinquée !

Je lui conseille d'aller racler la marmite s'il en est encore temps. Demain sera un autre jour.

Alors à demain, Gros !

***

Tu le savais que j'allais refaire mon chemin de croix avant de rentrer ? Le *Boléro* de Ravel, je joue avec ce putain d'immeuble ! J'y vais, j'y reviens, j'y retourne... Tilali lali lala ta lala.

Pas difficile de s'y garer à cette heure minuitale. Un chouette créneau, pile devant le 116. M'y inscris avec maîtrise. Ça braque bien, pour 2 tonnes 6, ces 600 SL.

Je coupe les gaz et me mets à réfléchir. Sans l'air conditionné, les surfaces vitrées s'embuent sous l'effet de ma respiration. Phénomène de la condensation, je t'expliquerai.

Pourquoi me trouvé-je au pied de l'immeuble, comme au pied du mur ? Parce que c'est ici le siège de l'affaire. Ici que se sont perpétrés des meurtres et autres crimes. Une affaire pas comme mes autres. Plus « policière », je te prie de le remarquer. Avec des connotations gaga-christiennes.

J'ai, sur le faux siège arrière de mon bolide, l'album chouravé dans le coffiot de maître Flatulence-Alaïe. S'est-il aperçu de sa disparition, le cher maître ? Peu probable : on ne passe pas sa vie à déponner son coffre, à moins d'être Harpagon. Sa gueule lorsqu'il constatera qu'on le lui a secoué !

Je m'en empare et actionne la loupiote liseuse de cartes. Je t'ai cachotté jusqu'à présent, attendant d'être tranquille, mais je puis bien te dire que ce recueil de photos est consacré à Thérèse Genitrix-Desqueyroux, plus exactement à ses « coups de chaleur ».

Tudieu, le bel ouvrage porno que ça donnerait, pour peu que je l'assortisse de légendes appropriées ! Un vrai documentaire sur l'académie de la comédienne : sa chatte en gros plan, calme sous sa frisure, puis la même, lèvres inférieures ouvertes sur un bâillement du bas-ventre avant-coureur. Le reste se déroule selon la logique d'un débridement érotique. On la voit pomper un paf, l'agiter avant de s'en servir, se le carrer tour à tour dans la moniche et le cercle vicieux. Le prendre en dessus, en dessous, à cheval, au trot anglais, au galop cosaque. On passe ensuite à des prestations plus poussées, avec des partenaires multiples, impétueux, et généralement bien membrés.

Je reconnais Charly Genous, l'enculeur professionnel, maître Flatulence-Alaïe en personne (la bite médiocre), d'autres messieurs inconnus de moi avec des verges vengeresses et des perversités plus ou moins classiques. Une compagnie de bouffeurs, sodomites, baiseurs multipositionnaires, branleurs à quatre mains, caresseurs subtils.

Outre les partenaires masc., il y a des partenaires fém. Moins nombreuses, ces dernières, mais véhémentes de la menteuse. Je reconnais parmi ces dames, les couturières du cinquième ; ce qui prouve bien que les habitants de cette maison entretenaient effectivement, comme ils se plaisent à en convenir, d'excellentes relations (y compris sexuelles). Le gars maître est un gros goret qui a patiemment conservé le témoignage des « coups de chaleur » de Thérèse. Dans quelle intention ? Simple complaisance cochonne ? Ou bien preuves de la « frivolité excessive » de sa voisine ?

Et ma pomme, une question pertine dans ma caboche : « Ces clichés, qui les a pris ? »

Du coup, une réponse logiste dans ma même caboche (peut-être légèrement plus à droite que la question au niveau du bulbe) : « La Miss Fleur-de-mai ! »

Qui d'autre qu'elle se trouvait toujours à pied

d'œuvre au cours de ces messes de la luxure ? A-t-elle photographié les délirades stupéfiantes de la gentille Genitrix-Desqueyroux sans qu'elle le susse, ou délibérément ? En tout cas, elle était en cheville avec l'avocat puisque c'est lui le détenteur du « documentaire ».

Une ombre tapote ma vitre opaque, je la baisse électriquement pour me mettre en contact avec Toinet, lequel est encore en compagnie de sa petite Pakistanaise.

— Je raccompagnais Murielle, me dit-il, quand j'ai reconnu ta tire. Qu'est-ce que tu fiches ici, tu attends du monde ?

— Je viens méditer, réponds-je.

— A quel propos ?

— François Mauriac.

— Tu ne trouves pas que son fils Claude a davantage de talent que lui ?

— Si, fais-je, ravi de constater qu'il connaît l'œuvre de Claude Mauriac.

Mais il ne faut pas le dire, ça lui ferait de la peine ; contrairement à ce qu'on peut imaginer, les fils qui embrassent la carrière de leurs pères ont horreur qu'on les trouve supérieurs à ces derniers. Le jour où j'ai dit à Claude Brasseur que je le préférais à Pierre, il a failli me foutre sur la gueule.

Toinet demande :

— Tu me rentres à la casa ?

— *Yes,* bachelier.

Il entraîne Murielle dans un coin sombre pour les hyper-pelles de l'au revoir. Sans charre, il pourrait vraiment être mon fils, ce garçon ! Ses adieux accomplis, il vient s'installer à mon côté pour que je fouette cocher ; mais une force grise comme un goût de bile me retient.

— Qu'est-ce qui te charançonne la coiffe ? murmure mon adopté.

— Un mystère que je ne puis élucider avant demain, Toinoche.

Je lui raconte notre « interview » d'Ernest, le fugace messager.

— Il assure avoir pris les fameuses valises blanches chez la vieille Russe du bas. Et ce doit être exact car il ne pouvait pas inventer ce personnage.

— Faut interroger la bonne femme.

— Je vais me gêner ! Mais pas avant demain : il est une heure quinze !

Il ricane :

— Tu sais bien que tu ne vas pas attendre, grand. A preuve, tu es là ! T'es pas venu poireauter ici pour du beurre. Je te connais.

— Mais elle va rameuter les foules !

— Penses-tu : si elle est russe, la fantaisie, elle aime !

Il réfléchit.

— Tu sais pas, Antoine ? Avant de te pointer, tu devrais faire mettre son bigo sur écoutes.

— Ah oui ?

— Réfléchis. Si cette douairière est compromise dans ton truc, après ta visite tardive, elle n'aura rien de plus pressé que d'affranchir ses éventuels complices.

Je me tourne vers ce bel adolescent tout en

fossettes. En voilà un qui va se faire bouffer par les gonzesses, je te l'annonce, et de bas en haut !

— Tu sais que tu as des dons, Toinet ?

— Je me crève le cul à te le dire ! rétorque-t-il modestement.

Pendant que « je prends les dispositions » préconisées par « mon fils », celui-ci me met l'extrémité de ses doigts sous le nez.

— Respire ! m'ordonne-t-il. Les parfums de l'Arabie, grand ! J'adore les chattes qui sentent bon, pas toi ?

— Si, lui réponds-je. C'est de famille !

CHAPICROCHOLE

Elle se donne la représentation, la nuit, dame Yourovitch. Tu la verrais m'ouvrir la porte, avec des yeux farineux de chouette sur qui tu branches un projecteur de D.C.A. Robe de nuit en satin vert émeraude, bonnet fanchon de dentelle blanche à laçage vert, mules en plumes d'autruche, robe de chambre de velours bleu triomphe à large col d'hermine. Elle a l'air d'une vieille impératrice de Russie qu'on vient de déblayer de son sarcophage. Une indéniable majesté se dégage de sa personne.

Au lieu de trouver ma visite inqualifiablement tardive de mauvais goût, elle s'écrie en me reconnaissant :

— Oh ! c'est vous ! Je le savais.

Et moi, en éberluance :

— Vous saviez quoi, Majesté ?

— Ce coup de sonnette ! Comme s'il m'était familier. J'ai aussitôt songé qu'il s'agissait de vous !

— Prémonition, Altesse ?

— Non, mais j'ai des voyances, parrrfois.

C'est dingue le nombre de gens qui possèdent (prétendent-le-t-ils) ce don de voyance. La merde c'est qu'ils l'affirment toujours « après », jamais avant.

— Entrrrez, mon cher garrrçon, entrrrez vite. Je vous prrréparrre un peu de café ?

— Sans compliment, Votre Grâce, cela m'empêcherait de dormir.

— Alorrrs un doigt de prrrunelle ?

Elle me fait songer à *Arsenic et vieilles dentelles ;* c'était bien avec de la prunelle que les deux vieilles empoisonnaient leurs invités, non ?

— Je préfère pas, c'est l'heure où je n'absorbe plus rien, suivant en cela le conseil de mon docteur.

Pas ruscoffe pour rien, la vioque, dès que tu mentionnes le mot de « docteur », elle fait tilt et veut tout connaître de tes problèmes : ta tension artérielle, ton cholestérol, et si tes merdes sont parfaitement moulées et possèdent bien les dimensions réglementaires.

J'endigue, élude, autorite :

— Dites-moi, madame la Grande-Dusèche, vous pensez que si je prends l'initiative de vous tirer du sommeil à cette heure un con cru (avec l'accent qu'elle se trimbale, tu peux te marrer sans problème), c'est pour un motif grave. Voici ce con qui s'agite, Magnificente Souveraine : souvenez-vous d'avoir fait appel à un transporteur, il y a environ deux mois ?

— Comment transporrrteurrr ? ne comprend-elle pas.

— J'entends un service de messageries à domicile. Vous leur téléphonez de passer prendre quelque chose chez vous, ils viennent et le livrent où vous le souhaitez.

Elle secoue la tête. Et puis fait claquer ses doigts.

— Oh ! *da !* Les valises de Thérrrèse !

Je largue un chouïa d'adrénaline.

— Pouvez-vous me narrer la chose, Votre Féculente Majesté ?

— Il s'agissait de deux valises blanches apparrrtenant à Thérrrèse.

— Vous étiez liée avec elle ? noté-je au pesage.

— Beaucoup je l'aime. C'est trrrrès charrrmante fille. Comédienne, je fus et je lui donne conseils[1].

Ça doit-être passionnant, les conseils d'une vieille toupie comme la dame Yourovitch. Son jeu de scène doit valoir la reconstitution historique. Peut-être existe-t-il des enregistrements de sa déclamance sur Gramophone-la Voix de Son maître ?

— Qui vous avait remis ces valises, Princesse ?

— Mais, elle !

Là, tu vois, c'est la grosse tarte à la crème que je biche dans le portrait.

Tout bouge, tout chancelle. Ma comprenette fait un nœud, comme celui qu'une langue de gougne parvient à faire aux queues de cerises !

— Voyons, madame Yourovitch (la destitué-je

1. Je n'écris pas tout le dialogue de la vieille avec l'accent rrrrusse parce que ça me fait chier, mais tu peux rectifier toi-même si ça t'amuse. La différence entre mes bouquins et des albums à colorier, c'est que t'as jamais trouvé du génie dans un album à colorier.

momentanément sous l'effet pernicieux de la stupeur), vous déclarez que c'est Thérèse EN PERSONNE qui vous a apporté ses valises ?

— Je ne le prétends pas, je l'affirme, mon jeune ami !

Un poil d'humeur dans sa riposte, malgré l'emploi du mot « ami ». Cette daronne des steppes, faut pas lui marcher sur les seins, qu'autrement elle rebifiderait vite !

— Mais, ma Reine Vénérée, pourquoi se serait-elle donné le mal de coltiner jusque chez vous des bagages qu'un commissionnaire venait quérir ?

— Parce qu'elle partait en voyage tout de suite, dans automobile sporrrt. Pas de place pour valise. Elle les faisait livrer consigne gare du Nord et son neveu allait les apporter à elle le lendemain, voui ? Argent, elle m'a laissé, pour messageur et gros pourboire ! J'ai hésité à donner car le type gueule de voyou ! Pourquoi demandez-vous tout ça ? Valises perdues ? Ce ne serait pas surprenant, messageur trrrrès mauvaise allure !

— Non, non, rassurez-vous, les valises ont bien été déposées à la consigne. Votre jeune amie Thérèse vous a-t-elle parlé du voyage qu'elle allait faire ?

— Elle m'a dit réalisateur de cinématographe, jeune, avec beaucoup de talent. Il voulait la faire tourner.

— Dans son lit ! ricané-je sottement.

— Eh ! glapit Mémère, s'il faut coucher on couche ! Fesses sont faites pourrrr ça ! Ne jamais rrrrater affairrrre !

— Et si ça ne débouche sur rien ?

— Alorrrrs, dans le cul on l'a, ami ! Ce n'est pas grrrave.

*
**

J'ai mis le môme au courant et il a été aussi épaté que moi.

— Tu crois qu'elle t'a chambré ?

— J'ai l'impression que non, mais je me méfie tout de même.

Nous regagnons Saint-Cloud en devisant. Il est férocement mordu par la chose flicarde, mon Toinet-plein-de-bacs ! Surexcité à mort. Son « flirt poussé » avec la jeune étudiante pakistanaise n'a pas calmé ses frénésies.

— Tu n'appelles pas le service des écoutes pour savoir si elle a réagi ?

— C'est eux qui doivent m'informer, dans l'affirmative.

Comme il continue de me tanner l'empennage des burnes, avant de nous pieuter je turlute à mes potes de « l'Oreille tendue ». Rien !

— Donc elle a dit la vérité, en déduit Antoine II.

— Je pense. Elle n'a pas été troublée le moins du monde par mes questions.

Il soupire :

— Mais alors, si ce n'est pas Thérèse Genitrix qui se trouvait dans les valises, qui d'autre a été assassiné ?

— Nous finirons bien par l'apprendre.

— Ça ne te mobilise pas plus que ça, grand ?

s'insurge le Fougueux ! Moi, je me demande comment je vais m'y prendre pour dormir !

— Peut-être en te couchant dans un plumard et en fermant les yeux après avoir fait l'obscurité, suggéré-je, en tout cas c'est une de mes recettes préférées et je m'y suis toujours tenu.

CHAPLINESQUE

Comme il est bon de pouvoir vérifier, aux grâces qu'Il nous accorde, la grande générosité du Seigneur et d'avoir l'humilité de L'en remercier.

En retournant sur Paris, le lendemain, Toinet à mon côté, j'ai l'impression qu'il appartient à mon équipe depuis longtemps et ne le vois plus avec le regard inquiet que je portais sur lui l'an passé encore. Cet enfant de malfrats, graine de violence, toujours à la lisière des interdits, ce garnement qui ne se complaisait qu'avec les petits forbans de son école, travaillait mal et peu, passait de la tendresse au cynisme comme un cycliste de la lumière à l'ombre, me tourmentait. Il avait de bons élans, mais donnait tant de signes de rébellion ! Gibier de banlieue, bien que la nôtre fût cossue, je m'attendais à tout instant à la méchante tuile ! Et puis le voilà rédemptionné complet, mûri, assagi, conscient qu'il a un destin à assumer et que celui-ci devra être blanc-bleu ; non pour lui, mais pour nous. Miracle de ma Félicie qui remportera toujours, sans avoir l'air d'y toucher, à force d'amour, la bataille du Bien.

Un peu pompelard, l'Antonio ? Plus San qu'Antonio ? Te formalise pas : ça compense le reste. TOUT le reste !

Pendant que je pilote ma 600 SL, Toinet compulse l'album ; il commente chaque image :

— Oh ! dis donc ! c'est la vraie pute, la Thérèse. T'as vu comme elle s'écarquille la babasse ? Le tunnel sous la Manche ! Et ce qu'elle aime les tendresses ! Urbi et orbi ! Vingt dieux ! Le chibre de ce vilain velu qui ressemble à King-Kong enfant ! C'est une maladie d'aimer la baise dans ces proportions. Tu dis que ça la prenait d'un coup et qu'alors il lui fallait de la viande d'urgence ?

— C'est ce que Fleur-de-mai et Charly Genous m'ont expliqué.

— L'avocat, c'est ce type bedonnant avec un zob tordu ?

— Lui-même.

— Pourquoi penses-tu qu'il a fait composer cet album, ton *abogado ?* (Il a fait de l'espagnol en seconde langue.)

— Il aime ce genre de souvenirs, probable.

— Il ne ferait pas chanter quelqu'un avec ces images pieuses ?

— Chanter qui ? Il figure lui-même dans la troupe, le mec au paf d'airain tourne des films pornos ; un des protagonistes est le garçon boucher et un autre le facteur des recommandés, tu crois qu'ils sont friqués, ces mecs ?

— Il en manque, note Toinet.

— De quoi parles-tu, fiston ?

— Des photos. Regarde...

Il feuillette l'album rapidement.

— Y a des blancs, mais les coins adhésifs qui retenaient les photos sont toujours en place. On a prélevé certains clichés sur l'ensemble du lot.

Décidément, il continue de m'épater, sur sa lancée, le môme. Il remet le porte-photos à l'arrière de ma guinde.

— Alors, c'est aujourd'hui que tu cesses tes fonctions de grand chef poulet ?

— Cet aprème, j'accueille mon successeur pour lui faire les honneurs de la Grande Volière.

— T'as pas le cœur serré ?

— Ça m'emmerde de faire le mondain, sinon je m'en fous !

— Tu vas devoir arrêter cette enquête, du moins en ce qui NOUS concerne ?

Je me tourne vers lui en souriant :

— Zob ! petit mec ! Tu as déjà vu un doberman affamé lâcher un os de gigot après lequel il y a encore de la viande ?

— Ah ! bon. Et tu vas t'y prendre comment, si tu es privé des rouages de la Police ?

— Je ferai fonctionner ceux de mes méninges, t'occupe pas.

— C'est qui, le con qui te remplace ?

— Un con. Le genre préfet-de-confiance du nouveau gouvernement, tu vois le topo ?

— La politique est toujours en prise directe sur l'administration ?

— Si elle ne l'était pas, y aurait plus de politique.

Après cet échange de vues dont la puissance ne

peut t'échapper, nous arrivons à la Tour Tointue. Mon planton-souffre-douleur m'écrie contre sitôt franchi la lourde :

— M. Mathias, le directeur du labo, vous cherche avec effervescence, monsieur le directeur. Il demande que vous montassiez directement chez lui pour une communion de la plus haute importation.

Je stoppe devant lui ce qui le fait pâlir comme la Sibérie quand arrive décembre.

— Vous ne pouvez pas conserver vos fonctions avec une telle carence dans le vocabulaire, Barbauc, lui dis-je. Je vous donne une dernière chance : apprenez le Larousse par cœur au lieu de lire *Paris-Turf*. Pour la semaine prochaine vous étudierez le « A » depuis le mot « abaca » jusqu'au mot « aloétique », l'un et l'autre concernent des végétaux ; je vous ferai réciter !

Toujours escorté de Toinet qui se fend le pébroque, je me rends chez Mathias.

Il est rare de le trouver inactif, le Cuivré. Pourtant, il est adossé à la longue banque métallique sur laquelle il bosse et presse son assistante-maîtresse-nièce contre lui. Elle est moche à t'en faire éclater les couilles mais il est dingue d'elle, mon pote ! Ça doit être délectable d'aimer une femme moche. Ne plus voir sa tarterie et se gorger de ses qualités intrinsèches, quel délicat bonheur.

— Antoine ! Oh ! Antoine, me dit-il en se précipitant pour m'effusionner. Si tu savais ! Si tu savais ! Tu as eu la main heureuse en dénichant ce dossier. Il est d'une importance ca-pi-tale !

— Tu as pu le décrypter ?

— Pas moi, elle : *Red Dahlia !* C'est un génie que cette merveilleuse fille. J'avais passé la nuit dessus, chez moi, à potasser ce texte apparemment incohérent. Ce qui le rend hermétique, c'est qu'il comporte des mots courants, des phrases normales mais qui ne veulent rien dire. J'ai tout essayé : de lire une ligne sur deux, puis une sur trois, etc. Rien ! J'ai tenté de le défricher en ne conservant qu'un mot sur deux, sur trois, quatre, cinq, six, et ainsi de suite. Toujours rien ! J'ai procédé à une appréhension à l'envers : Zéro ! J'ai...

Je lui touche le bras :

— Si tu arrêtais d'énumérer ce qui n'a pas marché pour me parler de la solution, vieux Bidulard, ne gagnerions-nous pas du temps ?

— Pardon, revient-il à la réalité ; c'est elle, elle toute seule, avec ses beaux yeux roses, sa jolie moustache rousse, ses gros seins pendants et son adorable cul de boulangère ; elle, la sublime, qui a déchiffré l'énigme ! Elle, l'exquise, l'ensorceleuse, dont l'intelligence irradie...

La glorifiée, pudique, balbutie :

— Arrête, tonton, je t'en prie. Venez, monsieur le directeur, la traduction que j'ai faite de ce document est ici, sur cette table, asseyez-vous et lisez-la !

Je lui obéis, docile, impressionné par l'autorité de cette laideronne savante.

Les quelques pages qui, comme je te l'ai dit, là où il le fallait, n'en sont devenues qu'une seule.

Que dis-je ! Une demie. Vingt lignes dactylographiées. Mais quelles !

En les lisant, j'ai les poils sous les bras qui se défrisent. Je lis à nouveau, puis une troisième fois encore, au point de l'apprendre par cœur. Je pourrais aller chanter ce texte sur la scène de l'*Olympia* si on me versait un cachet convenable. Je songe avec force à ce qui se passerait si ma prodigieuse intelligence n'avait eu raison de la combinaison du coffre !

— Petite, fais-je à la nièce, votre traduction de l'original vous a été inspirée par le Seigneur en Dieu (je ne peux pas dire « en personne » à propos du Seigneur).

Elle modestise des paupières, mais mouille, j'en suis convaincu (je demanderai à son tonton de vérifier).

— Par quel miracle êtes-vous parvenue à découvrir ce qui a échappé à un grand professionnel comme votre amoncle ?

— Et ça ne lui a pris qu'un quart d'heure ! renchérit le Rouquin.

— A cause des chiffres qui figuraient dans le document initial, répond la gracile assistante aux cuisses de truie primée.

Elle reprend les trois pages qui contenaient le message.

— Tous les nombres qui y figurent vont par groupe de trois ou quatre chiffres. Le premier indique la ligne, le second la lettre, sauf lorsque le nombre comporte quatre chiffres, en ce cas cela veut dire que l'emplacement de la lettre dépasse les dizaines, et il faut prendre alors le second et le troisième. Quant au troisième, s'il n'y en a que trois, ou au quatrième, il indique l'ordre du mot qu'on est en train de constituer ; très simple, n'est-ce pas ?

— Très simple, ahuris-je-t-il, je ne doute pas de piger à votre quatrième démonstration.

Toinet, qui s'est permis de prendre connaissance du texte, danse sur place d'impatience.

— Ton gros lard d'avocat, me fait-il, tu te serais douté d'une chose aussi énorme ?

— Pas vraiment, conviens-je.

— Qu'est-ce que tu fais ? Tu le sautes ?

— Pas de précipitation, le Môme. Tu crois que ça se fait comme ça, toi ? Jamais un juge d'instruction ne délivrera un mandat d'amener contre un avocat parce qu'on a volé dans son c.-f. un charabia incompréhensible auquel une adorable laborantine croit avoir trouvé un décodage à sa façon. Il m'éclaterait de rire au nez ! Me prendrait pour un zozo !

— Mais enfin, si tu ne fais rien !

— Qui te dit que je ne vais rien faire ?

Un plan fulgure dans mon casier à gamberge. Je l'attrape par la queue pour le montrer à ces messieurs. Il est gonflé, donc il sera efficace.

— Et toi aussi, tu vas faire, mon Intrépide. Toi aussi !

Je consulte ma montre, ce qui est préférable à consulter un spécialiste des maladies vénériennes. Dix heures. Nous avons quatre heures devant nous avant d'accueillir mon successeur.

Ça devrait suffire.

CHABITE

Il doit y aller à la pictance, le cher maître, car il a une voix pas comestible, ce morninge, un peu comme s'il s'était gargarisé avec des œufs durs trempés dans des semences de tapissier.

Les pieds sur mon (possessif d'une précarité vertigineuse) bureau, j'écoute le diffuseur grâce auquel je suis la conversation de Flatulence-Alaïe avec Toinet.

Sérieux comme un secrétaire de pape, le môme ! Prend son rôle à cœur kif s'il s'agissait d'un examen d'entrée à la Comédie-Française.

— Maître Flatulence-Alaïe ?

— De quoi s'agit-il ? brusque le bavard.

— Mon nom ne vous dirait rien...

Le débarbot est psychologue et flaire tout de suite du pas net qui le fait grimper aux rideaux :

— Aucune conversation n'est possible avec des anonymes, votre nom, sinon je raccroche.

— Je suis l'amiral Darlan, fait le gamin sans broncher.

Là, tu vois, il me plaît Antoine *number two*. Y a bras de fer, entre eux, mine de rien. Si Flatulence-

Alaïe coupe, Toinet l'a dans le cul. S'il ne le fait pas, mon rejeton marque le premier point.

Un court silence, meublé par la respiration encombrée du maître.

— J'ai horreur des loustics ! déclare-t-il enfin.

Toinoche mène 15/0.

— Je ne suis pas un loustic, répond mon garçon. Je voulais seulement vous faire réagir sur l'album de photos.

Les points de stupéfaction lâchés par le cerveau de l'avocat, passent tel un vol d'hirondelles en migration dans le ciel de Paris, un peu brumasseux aujourd'hui.

— Comprends pas ! bafouille-t-il.

— Je parle de ce délicieux recueil de photos à la gloire des parties de trou du cul de votre voisine du dessous, maître. Vous-même y figurez ; c'est à dessein que j'emploie ce terme car votre participation est, selon moi, assez modeste.

— Un instant ! aboie le terlocuteur d'Antoine.

Là, sois-en con-vingt-culs, il est en train de courir à son c.-f.

Le môme raccroche.

— T'es dingue ! objecté-je.

— Je le rappellerai plus tard, laissons-le s'affoler tout seul.

Ecoutez-moi ce déjà vieux briscard ! il y tâte, l'apôtre.

Pendant cette période « blanche », je relis le pedigree de Flatulence-Alaïe qui vient de m'être livré et dont l'encre du fax est toute fraîche.

Drôle d'oiseau ! Dès la fac de droit, le cher

maître a appartenu à des mouvements d'extrême extrême droite. Comparé à lui, le père Nonoeil est communard. Passé chargé en Algérie où il a installé l'électricité dans les testicules d'une foule d'Arbis. A été impliqué dans un attentat ayant causé la mort de trois personnes ; sa culpabilité n'ayant pu être clairement établie, s'en est tiré avec un non-lieu. Autre inculpation de complicité, à la suite de l'assassinat du général Mondalenvert. Là encore : non-lieu. Passe pour animer un parti néo-nazi clandestin. Au plan privé, il est connu pour ses mœurs dépravées et a été soupçonné d'avoir organisé des soirées chaudes auxquelles auraient participé de jeunes adolescents des deux sexes. Professionnellement, est considéré comme un avocat « efficace » auxquels tous les moyens sont bons pour imposer son point de vue. S'est spécialisé dans les délits relatifs aux mœurs.

Je repose le papier.

— Un beau dégueulasse, hein ? murmure Toinet.

— Il tient sa place.

— Tu vas voir comment je vais me le payer, ce salaud !

— Mollo, petit mec, mollo ; tu n'arrives à rien dans l'exaltation. Pour réussir dans ce job, ce qui prime, c'est le sang-froid. Dépassionne-toi, gamin. Tu dois garder le calme d'un horloger en toute circonstance.

— O.K. ! mon révérend.

— Et ne commence surtout pas à te sentir

pisser, sinon je te mets une tête au carré ; suis-je explicite et convaincant ?

Il me sourit désarmance.

— Oui, papa, mais ne panique pas : je te respecte et t'admire. Tu resteras toujours mon idole !

Là-dessus, il refait le turlu de Flatulence-Alaïe.

L'autre, sachant qui l'appelle, décroche mais ne répond pas.

— Alors ? lui demande Toinet.

L'avocat n'est pas un gamin. Il sait affronter les pires coups fourrés, ce forban. Avec le passé qu'il hale, c'est pas un méchant coup du sort qui va l'inciter à se praliner le plaftard.

— Ça débouche sur quoi ? demande-t-il enfin.

— Devinez ?

— Fric ?

— Gagné !

Soupir du mec. De soulagement.

— Vous mettez à côté de la plaque : je suis fleur. Des idées, mais pas d'argent.

— Justement : quand on a des idées, on en trouve !

— Il en faut beaucoup ?

— Ça va chercher sa brique comme rien !

Le vilain bonhomme pose une question déconcertante, preuve qu'il sait piloter dans le brouillard.

— Vous avez quel âge ?

— Plus ! répond du tac au tac Antoine bis.

— Vous êtes sûrement très jeune, évalue le collectionneur d'images trouduculentes.

— Peut-être qu'il y a des gens plus âgés autour de moi, émet mon « fils ». Alors, pour ma brique ?

— C'est hors de question : je vous répète que je n'ai pas de blé, mon petit vieux.

— Pas de familiarité, déclare Toinet en raccrochant.

Le vrai routard, ce môme. Une maîtrise !

— Cette fois, je le laisse mariner jusqu'au milieu de l'après-midi, décide-t-il. Je peux assister à l'intronisation de ton successeur en attendant de le reprendre en main ?

— Tu sais que c'est moins animé qu'une corrida ?

— J'ai jamais vu de corrida.

— O.K. ! assiste, mon Toinet, assiste. J'espère que ça ne te fera pas trop de peine car là, je n'occuperai pas la position glorieuse.

— Tu es toujours en position glorieuse, le grand. Ce qui te différencie des autres, c'est que la lumière, elle na va pas SUR toi, elle sort DE toi !

***

Je l'imaginais « différent », mais pas « comme ça », mon successeur.

Un soucieux ! Grand, habillé de gris coupe anglaise. Des favoris plus bas que les cages à miel, un long pif pincé, le regard hostile à tout, des lèvres entre lesquelles t'arriverais pas à glisser une carte à jouer, les pommettes en creux ; passablement prognathe, avec pour bientôt des problèmes valvulaires, je sens. Son teint est gris grenier, ses manières d'une politesse toute diplomatique et, quand il lui arrive de baiser, il doit noter la chose sur son agenda pour se la rappeler au cours des années qui suivront.

Ce zigus est dans les papelards du gouvernement car mon ministre vient l'installer personnellement. Après des présentations quasiment unilatérales (le peu qu'il m'accorde est dédaigneux), il me dit :

— Faites visiter cet établissement à M. le directeur, San-Antonio, pendant ce temps, moi je vais rendre une visite à la Criminelle pour discuter de l'affaire qui me tient à cœur et qui reste au point mort !

Et vlan ! Le calice jusqu'à la lie ; jusqu'à l'hallali !

Il m'épargne rien, le gros méchant loup.

— Si vous le voulez bien, nous allons commencer par le laboratoire, môssieur le directeur.

— A votre guise, me répond le Ducde.

Il pourrait avoir une autre « altitude » avec moi. Je lui ai rien fait, ce con, sinon lui tenir la place au chaud.

Alors bon, nous montons par l'escalier de pierre jusqu'à l'antre de Mathias. Ils sont là-haut une demi-douzaine autour du Rouquemoute, en blouse blanche souillée de taches, procédant à des analyses, effectuant des préparations plus ou moins fumantes. Ça empeste le produit chimique.

L'œil critique, le nouveau maître de la Poule inspecte, les mains au dos. Je lui présente

Mathias, mais il ne voit pas la main que lui tend le Flamboyant et se contente de lui adresser un hochement de tête distant.

— Ces blouses blanches ne le sont plus guère, remarque le maussade personnage ; dorénavant portez-en qui soient vertes, comme dans les hôpitaux, ainsi seront-elles moins salissantes d'aspect !

Mathias répond brièvement :

— Bien, monsieur.

— Vous savez que je suis le nouveau directeur ? fait l'escogriffe.

— Oui, monsieur.

— Donc, rien ne s'oppose à ce que vous me donniez ce titre en vous adressant à moi !

Mathias ne répond rien. Sa maîtresse-assistante-nièce, au comble de l'énervement, laisse tomber une cornue qui se brise sur le carrelage.

Le « nouveau » me demande :

— Les bris de matériel sont retenus sur les émoluments des responsables ?

— Ils ne sont pas encore assimilés à des bonniches d'avant la guerre de quatorze, réponds-je, mais la chose peut être envisagée.

Furax, mon successeur sort du laboratoire en faisant sonner ses talons. Je lui file le dur avec trois pas d'écart. Toujours outré, il s'élance dans l'escadrin, sûrement pour aller rapiner nos malséances à m'sieur le ministre. Et c'est alors que « le Petit Jésus le punit », comme me disait bonne-maman quand j'avais fait une sottise « qui me retombait dessus ». Voilà-t-il pas que ce grand nœud volant se met à voler, précisément. Il trébuche, décolle de l'escadrin, décrit un valdingue accentué par sa haute taille, et se fracasse le museau, douze marches plus bas, sur l'interpalier.

Le garde Jean Pramplin, qui venait à nous, l'a dégusté dans les roustons et hurle en se cramponnant les sœurs Brontë. De toute part, on accourt. Je me précipite idem. Mon successeur ne paraît guère en état de me succéder, faut dire les choses comme elles sont ! La frite écrabouillée, une ou deux jambes cassées, les dents éparpillées comme des grains de riz sur le parvis d'une église, un jour de mariage. Il vagine dans son sang, le chéri.

— Pouvez-vous remuer les doigts de pieds, monsieur le directeur ? m'enquiers-je.

Il ne me répond rien pour cause d'évanouissement.

*
**

Un qui prend ce coup du sort dans les gencives, c'est mon ministre.

— Comme c'est bête ! s'exclame-t-il devant le corps un brin en zigzag de son « élu ».

— Oui, appuyé-je, je crois que cette maison ne lui a pas réussi ; quand on n'est pas capable de se servir de son escalier, comment utiliser ses multiples rouages ?

Ça m'a échappé.

Le sourcilleux pose sur moi son regard de douanier qui vient de trouver de la schnouf dans le Rasurel d'un émigré marocain.

— Vous n'êtes guère généreux, San-Antonio, remontrance-t-il.

— Mes boutades dépassent souvent ma pensée ! plaidé-je.

Des infirmiers emportent ce qui subsiste de mon fugace successeur pour qu'on tente au moins d'en refaire un préfet en ordre de marche (mais ça va prendre du temps !).

— En attendant la suite de cet accident, vous continuez d'assurer la marche de la maison, il dit, l'homme à la mine et aux paupières de plomb.

— Comptez sur moi, monsieur le ministre.

Il maugrée en me tournant le dos :

— J'aimerais pouvoir !

Flagellé, je suis. Mortifié à moelle ! Vite, ma revanche ! Je le veux balbutieur d'excuses, baveur de compliments, frappeur de mon dos, comprimeur de mes phalanges, secoueur de mon avant-bras, confusionneur, clameur de mes mérites.

Et, de par ma volonté, tel je l'obtiendrai !

Je me le jure ! Et s'il existe un homme qui ne sermente pas avec lui-même, c'est bien moi !

*
**

Toinet est vautré dans un de mes fauteuils, les deux jambes sur le même accoudoir (c'est les dames qui disposent les leurs sur *deux* accoudoirs après que je les ai débarrassées de leur slip).

— Toi qui voulais assister à la passation des pouvoirs, tu as raté le plus beau looping qu'un connard ait exécuté dans un escalier, lui dis-je.

— Loupé ! proteste mon cher enfant ; je l'ai brillamment réussi, au contraire.

Il ponctue d'un sourire béat et pour renforcer, m'adresse un clin d'œil.

— Je ne comprends pas...

Il tire de sa fouille une bobine de fil de nylon.

— Je prévoyais pas que ce serait aussi réussi, grand.

Je clape à vide, mais il perçoit ce que le saisissement m'empêche de proférer.

— Par exemple, si vous aviez descendu l'escalier côte à côte, ça n'aurait pas pu fonctionner. En plus, il était nerveux comme un pou, cet enfoiré !

— Tu veux dire que c'est toi ?

— *Yes*, dirluche. Pendant que vous vous trouviez au labo. M'a fallu exactement vingt-deux secondes, j'ai chronométré.

Et d'expliquer :

— Vieil immeuble. Les tuyaux de chauffage central courent le long des plinthes de l'escadrin. Je passe mon fil entre le tuyau et le mur, je fonce en tenant et le bout et la bobine jusqu'aux chiottes qui se trouvent en face. Double fil transparent que je laisse traîner sur la marche choisie puis pendre dans le vide de la cage. J'attends en tenant bien fort mon collet à cons. Chance fabuleuse : ce grand glandu fonce. Quand il a un panard sur la marche précédant mon fil, je tends celui-ci, Misteur Dupaf culbute. Pendant sa plongée, depuis mes chiottes, je ramène mon fil et m'enferme dans les caquerets en attendant que ça se tasse.

— Toinet..., balbutié-je très bas. Oh, Toinet...

Mais tu es un assassin, cet homme aurait pu se tuer ! D'ailleurs il est très mal en point !

Le môme rougit :

— Dis, le grand, tu ne vas pas monter sur tes grands chevaux à cause d'une simple farce !

Je bondis :

— Une farce ! La gueule en compote, une jambe brisée et probablement la lésion d'une vertèbre ! Mais ce type risque de passer le restant de ses jours dans une petite voiture !

Mon adopté baisse la tête comme Clovis (un peu plus bas, même) :

— Oui, évidemment, j'avais pas vu les choses comme ça, méaculpatise-t-il. Je pensais seulement qu'il aurait des bleus et des bosses.

— Il en a AUSSI !

Je me lève et use mon énervement en arpentant le bureau, comme le faisait mon cher Hachille.

Que devient-il, ce cher Tout-Vieux ? Il doit lui pousser des champignons sous les pattounes dans la geôle où on le retient.

De songer à lui, me calme.

— Tu as fait ça pour moi, pas vrai, galopin ? je demande à Antoine.

— T'as trouvé ça tout seul ! ricane mon voyou de chiare.

— Mesure la portée de tes actes à l'avenir, bordel ! Si tu te mets à décimer tous les gens qui se dresseront sur ma route, Attila aura un pedigree pareil à celui de l'abbé Pierre, en comparaison du tien !

— Ça a été irréfléchi, le grand : je veux pas qu'on te jarnaque !

On sonne à ma lourde et c'est Pinaud et Béru, les Laurel et Hardy des Etablissements Pue-pieds.

La Vieillasse déclare à Toinet :

— Voilà, j'ai joint ton bonhomme. Je pense qu'il est à point.

— Puis-je en connaître ? phrasé-je.

Toinet m'explique :

— J'ai trouvé qu'il serait beaucoup plus impressionnant pour le maître d'être harcelé par plusieurs personnes que par une seule. Alors je l'ai fait appeler par ta secrétaire qui, soit dit en passant, mérite de visiter le petit studio contigu ; puis, plus tard, par M. Pinaud.

Je suis sidéré une fois de plus par la psychologie dont fait montre mon « rejeton ».

— Qu'a-t-il dit ? demandé-je à Baderne-Baderne.

— Qu'il s'occupait de rassembler la somme et qu'elle serait prête demain ; à partir de midi, il attendrait nos instructions...

— En dehors de cela, il t'a parlé de quoi ?

— D'un petit dossier qui a disparu en même temps que l'album.

— Et alors ?

— J'ai répondu que j'ignorais ce détail et, comme il protestait, je lui ai raccroché au nez.

— Très bon ! Ce document a été décrypté par miracle, logiquement, il aurait dû ne pas l'être ; nous allons nous comporter — Toinet du moins —, comme s'il restait lettre morte. Si Flatulence-Alaïe remet réellement une rançon, tu lui restitueras ce putain de dossier en même temps que ses photos, compris, garçon ?

— Compris. Tu penses qu'il va payer ?

— Ce que je pense, mon chéri, c'est que demain tu joueras une partie difficile, et que tu vas prendre des risques énormes. S'il t'arrive malheur, je n'aurai plus que la ressource de me faire sauter le caisson !

Il me mate d'un air choqué :

— C'est très gentil pour m'man Félicie, ce que tu dis là, le grand. T'as une façon de penser à elle qui me fait pleurer les fesses !

CHOPINETTE

Le rendez-vous a été fixé dans le hall du *Royal Monceau.* Pour pouvoir figurer dans ce palace agréable, Antoine a mis son blazer, avec une chemise bleu ciel et une cravate à rayures bleues et rouges. Il s'est coiffé impec et non plus « en paquet de crayons », comme le lui reproche souvent maman. Il tient un porte-documents gonflé de l'album et du dossier et arbore à sa boutonnière un pin's à la gloire de Canal +, comme ils en sont convenus avec maître Flatulence-Alaïe. Il attend dans un canapé magistral, profond comme une tombe pharaonique.

Deux mots, avant l'arrivée du maître, pour t'informer des dispositions que j'ai arrêtées : primo, le môme porte, comme beaucoup de jeunastres, une boucle d'oreille qui, en réalité, est un micro sans fil miniaturisé, inventé par le couple Mathias-nièce-assistante-maîtresse. A ma profonde connaissance, c'est bien la première fois qu'on use d'un micro aussi ostentatoire. Habituellement, nos services s'ingénient à le camoufler dans les revers de vêtements, nœuds de cravate ou autres montres-bracelets ; mais là, on annonce la couleur. Toujours s'inspirer d'Edgar Poe ; c'est en ne cachant pas les choses qu'on les rend invisibles. Secundo, M. Blanc qui est rentré de vacances il y a une plombe tout juste et que j'ai eu le temps de documenter, lit le *Financial Times* dans un fauteuil voisin, rider dans un bleu croisé, le nez chaussé de lunettes à monture d'or que tu jurerais un diplomate négus en mission dans la capitale. Tertio, Béru, Pinuche, Mathias et ma pomme sommes installés, invisibles, dans une camionnette banalisée dont les flancs portent l'adresse d'un réputé fleuriste en lettres dorées. Le système d'écoute est opérationnel, c'est le Rouillé qui l'actionne. Pour le moment, on ne perçoit que le faible brouhaha du hall, avec, comme en surimpression sonore, la calme respiration de Toinet. Pas du tout oppressé, mon luron. Un calme qui ferait passer James Bond pour un asthmatique en crise ! Quatro, enfin, une seconde voiture, également banalisée, stationne à l'angle de l'avenue et de la rue Courtepine, ayant à son bord mon ami le commissaire Justin Coudebyte, accompagné d'un de ses mousquetaires. On peut donc considérer que les précautions sont prises pour assurer la sécurité du gosse dans cette croisade.

Brusquement, la voix de basse de Jérémie Blanc retentit :

— Attention ! Je crois qu'il arrive.

Nos éventails à libellule se mettent au garde-à-vous.

Puis, l'organe de maître Flatulence-Alaïe, très reconnaissable :

— Je pense que c'est vous ?

Réponse du gamin, très calme :

— Bien vu.

— Vous êtes encore plus jeune que je ne le pensais.

— La valeur, etc., etc., débite Gavroche.

— Je suppose que vous n'allez pas recompter le fric dans ce hall ?

— Nous allons monter aux toilettes. Vous voyez le vestiaire, au fond ? L'escalier de gauche, allez-y le premier, je vous suis.

Voix de Jérémie assortie d'un froissement de journal.

— Le type va au fond du hall, chuchote-t-il. Il tient un attaché-case. Je ne sais pas si je me goure, mais, à l'autre extrémité du hall, il y a deux hommes de race blanche qui paraissent s'intéresser au môme. Ils sont assis côte à côte et le regardent à la dérobée avec une fausse indifférence, trop fausse pour être vraie. Ils étaient déjà en place quand Antoine est arrivé.

Cher M. Blanc ! En voilà un encore qui possède les instincts du flic. Pif et déduction sont les deux mamelles de la Rousse.

Voix du gamin :

— On monte aux chiches.

Un moment, on perçoit le glissement feutré de ses pas sur l'épaisse moquette. Puis maître Flatulence-Alaïe dit nettement :

— En effet, c'est tranquille. Prenez cette mallette et rendez-moi mon bien.

Antoine bis :

— Ouvrez-la d'abord et montrez-moi l'intérieur !

— Oh, oh ! la confiance règne !

— Pas de commentaires, passez-moi une liasse.

Des froissements de papelard, encore. Dame : aux gogues, hein ?

La voix de Jérémie :

— Les deux types auxquels j'ai fait allusion se sont remis à discuter et n'ont visiblement pas l'intention de rejoindre Antoine et l'avocat ; sans doute me suis-je trompé.

— Continue tout de même de les surveiller, fais-je (car le Noirpiot porte un sonotone conception Mathias. Je n'ai pu en équiper Toinet, c'eût été *too much*).

L'avocat :

— Ce sont des liasses de vingt billets de cinq cents et il y en a cent, comptez !

— Je vous fais confiance, à vue de nez ! Voilà vos photos de famille.

— Le petit dossier y est aussi ?

— Oui. Vous avez de la chance, on a failli le jeter car on n'y comprend rien. Un de mes amis dit qu'il doit être écrit en code, c'est vrai ?

— Pas de commentaires ! riposte à son tour l'avocat. Bon, on est quittes ?

— On l'est.

— Pour le prix, j'ai droit à une ou deux questions ?

— Allez-y toujours, je verrai bien.

— Comment avez-vous su le chiffre de mon coffre ?

— Comme tous les cons vous vous êtes servi de votre date de naissance, gros malin !

— C'est quelqu'un qui vous a conseillé de venir cambrioler chez moi ?

— Non ; c'est les vacances. On visite beaucoup les immeubles bourgeois en juillet et août. Pas de chance pour vous. On espérait du blé, on a trouvé du cul ; on s'est dit que ça pouvait rapporter gros si on savait s'y prendre.

— Vous avez très bien su vous y prendre.

— Vous voyez ! Dites, je peux conserver votre mallette ou s'il faut vous la renvoyer ?

— Vous avez le sens de l'humour.

— C'est pas mieux comme ça ? Vous m'avez questionné, à mon tour de vous demander un truc : la gonzesse qui se fait tirer, sur les photos, c'est une nympho ou quoi ? Qu'est-ce qu'elle dérouille dans les miches !

Un silence, puis Toinet reprend :

— Je vous ai vexé ? Vous y tenez peut-être ? C'est votre amie ? Bon, j'insiste pas, allez, tchao !

Nouveau silence, assez bref.

Voix de Jérémie Blanc :

— Antoine réapparaît avec l'attaché-case. Il se dirige vers la sortie ! *Achtung !* Les deux zèbres dont je vous ai parlé se lèvent et vont sortir aussi. L'un est grand, très blond comme un Suédois, le teint rouge. L'autre est un peu moins grand, châtain foncé, il porte un costume bleu très clair et son pote...

Le reste de son discours se perd, car son micro de revers a dû se dégrafer.

Je saisis celui du bord :

— Coudebyte, tu m'entends ?

— Cinq sur cinq, monsieur le dirlo !

— Acré ! Le môme sort. Il semblerait que deux types, dont l'un très blond, soient à ses basques. Ouvrez l'œil, tous les deux !

— On est en plein dedans ! répond mon collaborateur.

Voilà Antoine très relaxe. Il porte négligemment sa mallette. Remercie d'un signe de tête le gars en vert galonné qui lui pousse la lourde et s'avance. Un jeune voiturier lui demande s'il veut un taxi car il reste au bord de la chaussée, indécis. Mon fiston répond par l'affirmative. Le préposé sort un sifflet de sa vague et siffle un penalty.

Un bahut déboîte et s'approche.

Le môme y grimpe.

Le sapin repart.

Nous aussi.

Puis, à deux cents mètres, c'est au tour de Justin Coudebyte et de son péon à se joindre au cortège.

Tous derrière, tous derrière et lui devant !

Voix de Toinet :

— Ben voilà, comme convenu je file chez M. Bérurier attendre la suite des événements.

Une autre voix à peine audible avec accent maghrébin (celle du driveur) :

— Qu'est-ce que vous dites ?

Toinet :

— Rien.

— Vous parlez tout seul ?

— Je compose un poème.

— Vous êtes poète ?

— Je le serai quand je l'aurai fini. (Puis à nous :) Hé ! le grand ! On me suit ?

Impossible de lui répondre que oui, la liaison s'opérant à sens unique.

— Si on me suit, reprend le môme, faites un petit appel de phares.

On lui accorde satisfaction.

— O.K. ! merci : je suis prêt.

— Il est gonflé, ce moustique, remarque Bérurier. J'ai toujours pigé qu'on avait affaire à un p'tit dur.

— Il arrivera ! confirme le Branlant.

Les deux mecs qui, décidément, filaient Antoine nous dépassent dans une Porsche gris métallisé.

— Fausse alerte ! pronostique Pinaud.

Du côté du parc Monceau il y a des travaux qui réduisent l'avenue à une seule voie. Le taxi s'y engage, puis la Porsche, puis une autre bagnole, puis encore une qui se faufile de force pour nous squeezer. Je déteste car, because cet étranglement, nous sommes carrément coupés de Toinet. C'est d'autant plus chiant que ça n'avance plus.

Voix de Toinet :

— Hé ! les vedettes ! Derrière mon cab il y a deux mecs qui sortent d'une Porsche grise et qui se précipitent vers...

Moi, comme un fou, au micro, pour Justin Coudebyte (il est d'origine irlandaise) :

— Justin, on attaque le môme, contourne les travaux et recolle à ce bordel-à-cul de taxi !

— On va essayer ; vous avez le numéro du bahut ?

On s'entre-regarde dans la camionnette. Personne n'a eu la présence d'esprit de le noter. On fait une fameuse équipe de manche à burnes !

Voix de Toinet très forte, à des gens :

— Qu'est-ce que vous voulez ?

Une voix sèche :

— Ta gueule !

Voix du taxi-driver :

— Mais vous voyez bien que c'est occupé !

La même voix sèche :

— Ne t'occupe pas, roule ! Et appuie, melon, si tu veux pas que je te fasse gicler les pépins de la tronche !

Voix, toujours sereine d'Antoine :

— Vous abandonnez votre belle Porsche ?

Voix d'un autre gus :

— On en fait cadeau aux connards qui sont derrière !

Les connards en question n'en mènent pas large. Je saute de notre véhicule et remonte en courant la file des tires arrêtées qui sirènent comme des cornes de brume par gros temps. Les fumiers ! Ils ont engourdi la clé de contact en quittant la chignole. Rien à faire pour déménager ce bolide à la main !

Pendant que j'escrime, une voiture radine sur le trottoir, klaxon bloqué, poussant les passants au cul, les faisant trébucher.

C'est Justin Coudebyte et son scout de France qui tentent le tout pour le tout. L'avisant, je bondis à l'arrière de sa Ford Mondeo. Un dernier tas de sable à escalader. Le moteur s'enrogne, les boudins patinent. L'inspecteur Morflet est un as du volant, il arrache la tire des embûches (de Noël) et rallie la chaussée.

Devant nous, la voie de droite est déserte. On avale ce qui reste d'avenue et là il faut choisir :

— Droite ! gueulé-je.

Au pifomètre. Je branche la phonie avec notre propre camionnette.

— Ici Sana, le môme continue de parler ?

Voix de Mathias :

— Il vient de mentionner la Madeleine.

Putain, déjà !

— Tu me retransmets tout ce qu'il dit au fur et à mesure, je suis dans la guinde de Coudebyte.

Direction Madeleine. Pas la peine de le préciser à Morflet. Il fonce à tombereau ouvert, comme dit Béru, coupe les priorités, se torche avec les feux rouges, écorne les bagnoles. Les collègues de la circulation nous font un concert de bengalis siffleurs.

— T'as pas ton gyrateur ? demandé-je au chauffeur.

— On avait dit « totalement banalisé », répond Justin, bourru. Et je vous signale qu'on roule à bord de MA voiture !

— Les frais de carrosserie seront pour la Maison, tenté-je de le rassurer.

— Ceux d'hôpital aussi ?

— On assume tout y compris les funérailles.

CHAPITEAU

La voix laconique du Rouquemoute :

— Boulevard Saint-Germain.

Trois minutes plus tard, nous franchissons la Seine.

On doit gagner du terrain sur eux, je sens.

Personne ne pipe mot : on se cramponne. Ça me rappelle une étape de montagne du Tour de France que j'ai suivie avec Jacques Chancel. J'étais à l'arrière de la grosse Peugeot que pilotait un spécialiste et j'ai passé mon temps à tenter de maintenir un semblant d'équilibre, les pinceaux engagés sous le siège avant, la main droite cramponnée à la poignée de soutien fixée au-dessus de la portière, la gauche enfoncée entre le dossier et le coussin de mon siège. Là, c'est du kif.

Voix de Mathias :

— Ils changent de véhicule rue du Bac ! Mais ses ravisseurs commencent à se douter de quelque chose car l'un d'eux vient de lui dire : « Qu'est-ce que tu marmonnes, petit con ? Ne cherche pas à nous feinter sinon je t'en mets une dans le ventre et tu te démerderas avec ! » Son acolyte a ajouté :

« Quand on aura changé de voiture, rue du Bac, je le fouillerai ! ».

On finit par établir une sorte de duplex, Mathias et moi, pendant que notre Alain Prost de service pédale à toute vibure en direction de cette rue du Bac qui fait rêver tant et tant de lycéens !

Une traduction simultanée. Il répète les paroles de Toinet automatiquement, au fur et à mesure qu'il les capte. Et de même, les paroles des gars qui procèdent à ce que je crains fort de devoir appeler « son kidnapping ».

Je te livre en vrac ce que je reçois :

« — Dis donc, le melon, on va bientôt se quitter ; commence à ralentir. »

......

« — Toi, petit con, si tu bronches pendant le changement de bagnole, je te le répète : une balle dans les tripes, ça me démange. Et tu sais, une bastos à cet endroit, on ne s'en remet pas, excepté le pape. »

....

« — Jim ! Tu te chargeras de l'attaché-case. »

....

« — Hé ! le melon ! Tu aperçois cette boulangerie, sur la droite ? Tout de suite après, il y a une impasse, tu y pénétreras. »

....

Le gosse vient de chuchoter que la boulangerie en question s'appelle « *Au Pain doré* ».

....

La voiture vient de s'arrêter.

(Voix d'un des gars :)

« — Occupe-toi de Sidi-Bel-Abbes, Jim ! Je file devant avec Ducon. »

— Attends, le môme chuchote...

Mathias répète :

« — Renault 5 rouge, 2, 4, 7, 9, M, R, G, 7, 5. »

— Magnifique ! exulte Justin Coudebyte. On va pouvoir lancer une alerte générale.

Et ma pomme :

— Non, mon vieux. Si on fait ça, c'est foutu.

— Mais le garçon ?

Je ne réponds rien. Je pense à ma Félicie, la chère chérie. Si elle savait quels risques je fais courir à Toinet, elle croirait que j'ai perdu l'oraison, comme disait Bossuet.

Notre chauffeur fait chuter une poubelle intempestive. Des passants nous font le poing (et pas dans la poche !). Ça y est, voilà la rue du Bac ! La boulangerie d'où s'échappent d'embaumantes odeurs.

— Le contact est rompu ? interrogé-je.

— Le ravisseur d'Antoine a commencé une phrase dont je n'ai pas entendu la fin. Il a dit : « Tu sais que t'es belle avec ça ? ». Je pense qu'il devait s'agir de la boucle d'oreille et qu'il la lui a arrachée !

— Merde !

— Alors, monsieur le directeur, l'alerte générale ? revient à la charge Justin Coudebyte.

Je soupire :

— Evidemment !

Il fait le nécessaire sans me quitter de son regard opprobrateur. Dans sa prunelle zébrée d'un trait de vinaigre, comme les œufs au plat de mon Dauphiné natal, je lis : « Si on ne retrouve pas le môme à temps, ce sera à cause de tes quelques minutes d'hésitation, grand bellâtre à la con ! ».

⁂

Comme l'a prévu Mathias, le conducteur du taxi a bel et bien été contondé de première. On lui a gaufré la calebasse au moyen d'un outil d'acier car sa boîte crânienne a craqué et le pauvre Arbi va en avoir pour lurette avant de retrouver son volant, en admettant qu'on puisse lui colmater la coquille.

Le temps d'évaluer le désastre et on repart. Direction : Porte d'Italie. *In my opinion,* les tourmenteurs de mon « fils » se dirigent vers l'autoroute de l'Ouest. Pourtant, s'ils comptaient entreprendre un long trajet, se seraient-ils assurés le concours d'une petite voiture ? Quand on vole des tires (comme la Porsche de tout à l'heure par exemple) on n'a que l'embarras du choix.

Parvenus à l'embranchement, je renonce.

Ma gamberge emmêlée se débroussaille un chouïa. J'opère un raisonnement inverse. Ça ne rime rien, un long départ. Le rapt d'Antoine a été préparé très intelligemment. Si une voiture attendait le relais à Saint-Germain-des-Prés, c'est parce qu'elle n'avait plus très loin où aller. Sinon elle aurait été placée beaucoup plus près de l'hôtel, pour rendre la décarrade plus rapide.

Un grondement de torrent en crue emplit ma tête : c'est celui de mon cœur en folie. S'il continue de la sorte, je vais le dégueuler dans la tire de Coudebyte.

Trois quarts d'heure d'errements éperdus. Et brusquement, la nouvelle tombe :

— L'auto rouge a été retrouvée devant le 8 de la rue du Sergent-Barrayer, à Denfert-Rochereau.

Vide.

⁂

Le 8 concerne une construction de deux étages, passablement décrépite. Un Utrillo ! Paris qu'engloutit le béton conserve encore, de-ci, de-là, les pustules d'un passé où il était encore Paris. Maintenant qu'il pyramide du Louvre, qu'il arche de la Défense et colonne de Buren ; maintenant que les voies de grande circulation le fouillent, le forent, et torturent et que des gratte-ciel tentaculaires pour population tant acculée, le font ressembler à São Paulo, il n'est plus qu'un Paris de nécessité. Un jour viendra, je redoute, où les principaux monuments seront conservés sous d'immenses cloches de plexiglas pour être protégés des agressions gazeuses et mycologiques auxquelles l'homme, lui, aura su s'adapter.

Je t'en reviens à cet Utrillo. Sur le mur qui le protégeait (car il est en ruine), on peut encore lire « Octroi ». C'est devenu, depuis le temps des gapians, la crèche d'un fondeur en je ne sais quoi. Dans le jardin et la cour qui l'entourent, on voit une accumulation de choses en fonte : des bancs de square, des tables de jardin, des vasques pour bassins de châteaux, et une foule de ces énormes objets d'extérieur que ce con de Louis XIV a laissés derrière lui, pompeux étrons de son interminable règne.

Je pénètre dans la maison. C'est lépreux, silencieux ou presque (téloche), cela sent la misère survenue par inadvertance, lustre après lustre, presque à l'insu des locataires. Je finis par dénicher deux vieillards dans une pièce du bas. La vieillarde est au lit, dans une vaste cuisine où règne une chaleur tropicale. Calée par des hardes, elle regarde la téloche où est diffusé un reportage étourdissant sur la vie édifiante du wapiti, ce grand cervidé d'Amérique du Nord qui fait tant pour les joueurs de scrabble. Le vieillard, quant à lui, conserve encore suffisamment de mobilité pour pouvoir s'occuper de sa femelle. Il est étrangement accoutré d'un pantalon de velours, verdi sans jamais avoir été verdâtre, d'un polo de laine beige et surtout d'un gros tablier de cuir, reliquat d'une longue vie professionnelle qu'il ne se résout pas à abandonner.

Notre arrivée ne le surprend pas. Avant que j'aie eu le temps de me présenter, il dit :

— Derrière la maison, à droite de la cabane à outils.

Commako, sans se retourner.

Quelque peu interloqué, je demande :

— De quoi parlez-vous, cher monsieur ?

Pour la *first* fois, il me regarde. Lui qu'est surpris.

— Je pensais que vous cherchiez l'entrée...

— L'entrée de quoi, monsieur Montbourrin ? (Son nom est écrit sur la bande-adresse du journal *France Debout* auquel il est abonné mais qu'il ne lit plus depuis qu'il a cassé ses lunettes.)

— Ben, des catacombés !

Le mot m'a toujours fait frissonner. Ça remonte à ma petite enfance, quand bonne-maman me racontait des histoires vachement funèbres auxquelles ces anciennes carrières souterraines transformées en cimetière servaient de cadre.

Je réalise soudain que nous nous trouvons pile au-dessus de ces galeries peuplées d'ossements.

— Si ce n'est pas l'entrée des catacombes, qu'est-ce que vous cherchez ?

— Police ! réponds-je. Nous traquons des criminels dont la voiture stationne devant votre maison.

— Alors ils sont partis par les catacombes ; c'est pas la première fois que la chose se produit. Il y a pas mal d'entrées dans notre quartier.

— Merci ! fais-je en m'élançant.

— Hé ! pas si vite ! me hèle l'homme de Cro-Magnon. Vous connaissez le circuit ? Sinon, sans guide, vous vous perdez ! Des gens sont morts de s'être aventurés là-dessous sans connaître.

Il me stoppe.

Je me tourne vers Justin Coudebyte.

— Appelle à la Grande Boutique : qu'on mette quelqu'un à chacune des issues des catacombes.

— Ça va prendre du temps !

— On ne peut pas ne pas le faire ! Dis qu'on se grouille ! S'ils sont entrés dans ces galeries, ce n'est pas pour se « rendre quelque part », mais pour y « faire quelque chose ».

Je baisse la voix en disant cela, craignant que le « quelque chose » en question soit la « neutralisation », après interrogatoire poussé, de mon Toinet.

— Et nous, pendant cette mise en place ? questionne le commissaire.

— Faites-moi envoyer un guide qui connaisse les catacombes. En espérant sa venue, il faut surveiller l'issue d'ici : il est très possible qu'ils ressortent par où ils sont entrés, leur bagnole étant là.

— Ce n'est pas leur bagnole, me désenchante Coudebyte. J'ai appelé le service des immatriculations ; c'est la tire d'un charcutier casher du Marais ; il ne s'était pas encore aperçu du vol !

— Des nouvelles de mes potes ?

Mathias vient de nous rejoindre. Il dit que Bérurier s'est fait déposer à une station de taxis, sous prétexte qu'il avait oublié son remède contre les hémorroïdes et qu'il était en crise !

Je libère une bouffée d'ardente haine à l'encontre du Gros. Ce sale enfoiré ! Songer à ses hémorroïdes alors que Toinet est en grand péril ! Je voudrais que son gros cul devienne aussi monstrueux que celui de certains singes, et que ses légumes aient la taille d'une citrouille.

***

Le spécialiste tarde moins que je ne le redoutais. Une idée de Mathias (une de plus) : il a téléphoné à l'Ecole des mines, sachant que ses étudiants sont friands des catacombes et que certains d'entre eux y circulent comme toi dans un bordel. Par chance, la prestigieuse école ferme ses portes demain pour cause d'*hollyday* et le dirluche nous a dépêché un jeune spécialiste qui se trouvait encore à portée.

C'est un petit noiraud rieur, au nez pointu de belette. Il s'annonce muni d'un attirail ad hoc : lampes avec batterie longue durée, sifflets, porte-voix, longues badines d'osier pour éloigner les rats trop hardis. Le vrai spéléologue de Paris ! Il s'appelle Jérôme Mondric.

Présentations. Il me connaît de répute et ça le botte de partir en expédition avec ma pomme.

— Tu sais qu'il peut y avoir du danger ? le préviens-je. C'est pas à la chasse aux rats, mais à la chasse aux bandits que je te convie.

— Mon rêve ! répond-il simplement.

Il me refile une partie de son fourbi et se dirige vers l'arrière de la masure : cette entrée également il la connaît.

— Le jardin du père Montbourrin constitue l'un des meilleurs accès, me dit Jérôme en s'engageant dans un escalier de pierre, roide, mais très praticable.

Nous parvenons dans un large souterrain voûté où flotte une odeur indéfinissable.

Avant d'opter pour une direction il me demande :

— Ce sont des types en cavale ?

— Pas du tout ; il s'agit de gens qui ont enlevé un garçon un peu plus jeune que toi, probablement pour le faire parler, voire le liquider.

— O.K. ! O.K. ! je vois. Si c'est le cas, et qu'ils connaissent les lieux, ils auront choisi de prendre à droite parce que ça conduit à une grande crypte où furent enterrés des martyrs chrétiens ; c'est l'endroit idéal pour planquer un cadavre.

Un seau de cendre ardente, je prends sur le cœur !

Planquer un cadavre ! Celui de mon gentil Toinet ! Mon presque fils, mon bachelier tout neuf !

— Inutile d'utiliser votre propre lampe, vous n'avez qu'à me suivre, m'indique Jérôme. Il faut économiser la lumière. Ne parlons plus, sinon à voix basse.

Ils sont formides, ces jeunards. Un tas de vieux kroums s'imaginent que notre jeunesse ne se compose que d'oisifs camés ! Faut quand même rectifier le tir !

— Vous êtes armé, bien sûr ? s'informe mon guide avant de se mettre en marche.

— Je vais me gêner ! J'ai même en poche deux chargeurs de rechange !

— C'est la première fois que je marche en compagnie d'un flic.

CHACONNE

Contrairement aux égouts de Paris que j'ai eu l'occasion d'arpenter au cours de ma peu banale carrière, les catacombes ne sont pas humides. Il y règne un air sec, propice à la conservation des cadavres accumulés dans ces galeries ; pauvres frères humains qui avant nous viviez ! Il y a bien, par endroits, un suintement, voire un ruissellement, mais il est vite tari ou absorbé par le sol crayeux.

On se déplace rapidement, tels les rats qui, pour la plupart, fuient à notre approche. Certains, plus téméraires, s'arrêtent, capturés dirait-on par le puissant faisceau de la lampe. Ils nous défient de leurs yeux en boutons de bottines, les flancs agités par la rage ou la frayeur.

Tout en cheminant, je m'efforce d'espérer, me disant que l'on doit hésiter à supprimer un adolescent, et qu'on l'a amené dans ces galeries pour l'impressionner, briser sa volonté. Question d'ambiance. Un être humain est fragilisé par les ténèbres et la solitude. Mon petit Jérôme semble deviner ce que je ressens et drope d'une allure régulière.

Et soudain, nous sursautons. Quatre détonations viennent de retentir, répercutées par les échos infinis.

Un ahanement d'homme blessé s'échappe de mon ventre, de mes poumons, de ma gorge.

Trop tard ! On vient de liquider Toinet ! Toinet, mon petit flic d'il y a si peu, déjà mort au champ d'honneur !

Cette fois nous courons, courons à perdre tu sais quoi ? Oui, haleine. Comment as-tu deviné ?

Et voilà qu'un nouveau coup de feu éclate, puis un deuxième. Qu'est-ce que cela signifie ? Qu'on l'achève ?

Ces détonations se répètent à nouveau ; elles ont le mérite d'orienter notre course.

Encore une série de tirs. Maintenant, c'est tout proche.

— Jérôme, dis-je, passe-moi la loupiote et reste ici, je ne veux pas que tu t'exposes.

Il me laisse marcher en tête avec la lampe, mais s'obstine à me suivre malgré les gestes péremptoires que je lui adresse.

Au bout d'un instant, je perçois un bruit de course, la danse d'une lueur, tout là-bas. J'ai déjà éteint notre torche à batterie. Et puis je m'arrête dans un renfoncement. L'ami Tu-tues bien en pogne, cran de sûreté ôté, prêt !

Une chose m'apparaît, qui m'inonde de bonheur. Non ! On ne mitraille pas le corps ensanglanté de mon adopté : on le CHERCHE ! Profitant d'une occase : relâchement d'attention ou configuration propice d'une galerie, le môme a faussé compagnie à ses tourmenteurs. Maintenant, les deux mecs procèdent à une chasse à l'homme.

— Couche-toi, nom de Dieu de merde ! soufflé-je à mon guide.

Bien qu'à peine audible, mon ton reste péremptoire et Jérôme s'allonge sur le sol.

Au loin, la danse des lumières se poursuit. De temps à autre les faisceaux quittent la galerie pour lire les parois percées de grottes. Et puis elles continuent d'avancer. Mon intention : les laisser approcher le plus possible, C.Q.F.D. !

J'attends, frémissant d'espoir, de ferveur. Je ne suis plus qu'une vivante imploration.

L'un de nous deux a-t-il produit un bruit quelconque ? Oui, sans doute, car une voix s'écrie :

— Là-bas devant !

Dans les trois secondes qui suivent, des balles sifflent dans notre direction. Ensuite, les deux fumarots se mettent à courir. Leurs deux lumières se balancent comme des cloches de vaches.

Parvenus à quelques mètres de nous, ils s'arrêtent et braquent leurs lampes. Alors, mézigue, superbe de courage que dis-je : de folle témérité, j'allonge le bras.

« Plaou ou oummmmmm ! » dit ma première balle.

L'une des lumières s'éteint en même temps qu'un hurlement de douleur retentit.

Je reste d'un calme surnaturel, visant la

deuxième source de lumière sans broncher. Mon corps contracté appréhende le projectile qui risque de l'anéantir.

« Plaou ou oummmmmmmm ! » fait la sœur jumelle de ma première bastos.

La seconde lumière se désintègre. Au même instant, un méchant frelon heurte mon épaule. Ça, je connais, donc reconnais : je viens de m'en choper une dans la région claviculaire...

Une rogne d'acier me survolte. Je rallume ma lampe.

J'aperçois les deux vilains méchants à dix mètres. L'un est debout, une main explosée, l'autre tenant un pistolet braqué. Je le décoiffe d'une praline en pleine tronche.

Ce que voyant, le second met les adjas en courant.

— Halte ! lui lancé-je.

Au lieu d'obéir, il passe la surmu.

— Dernière sommation, je vais tirer ! annoncé-je.

Alors il ralentit, s'arrête, se retourne. En une fraction de fraction de quart de seconde je réalise le danger lance ma loupiote loin de moi. Bien m'en prend car pile il glaviotait ses pépins d'acier en prenant ma lampe pour cible, comme je l'ai fait avec eux.

Curieusement, le môme Jérôme a le réflexe d'allumer la sienne et d'illuminer mon « tueur potentiel ». Je lui en fais ronfler deux dans les coquilles et il n'aura plus jamais besoin de lunettes de soleil.

L'odeur de la poudre nous prend à la gorge et nous toussons comme des perdus.

Sitôt que je retrouve un souffle convenable, je me prends à hurler :

— Antoine !!!!

Silence. Mon anus se crispe comme l'orbite d'un monoculé de frais.

Je réitère :

— Toinet !!!!! C'est papa ! Montre-toi, ils sont nazes !

Toujours rien. On se met à marcher.

Le môme est fatalement parti dans l'autre direction puisque nous ne l'avons pas croisé.

Nous nous déplaçons sans courir, mais d'une allure décidée. Jérôme balaie le côté droit, moi le gauche, afin que rien ne nous échappe. Difficile d'évaluer les distances dans un souterrain qui décrit des méandres.

A un moment donné, Jérôme me dit :

— Regardez !

Il éclaire une chose noire, sur le sol : un attaché-case ouvert et vide. Je l'examine, perplexe. Qu'est devenu son contenu ? Les deux crapules n'avaient pas cent millions d'anciens francs dans leurs poches quand je les ai descendus. De plus, ce n'est pas, a fortiori, Toinet qui a pu se sauver avec ses liasses !

— Continuons, petit ! soupiré-je. Je te remercie pour ta coopération, tu es un garçon de première.

Et notre cheminement se poursuit dans cette atmosphère confinée de la mort en conserve.

Je ne puis te rapporter le temps que nous passons à errer dans les catacombes avec nos lampes aux faisceaux impétueux, mais le moment vient où mon jeune guide me conseille de rebrousser chemin.

— Je pense, me dit-il, qu'il va falloir organiser des recherches de plus grande envergure, nos batteries vont bientôt faiblir et ce n'est pas marrant de se retrouver ici dans le noir.

L'âme en berne, je cède à son conseil.

Alors voilà le retour écœurant...

Chemin refaisant, nous retrouvons les sinistres jalons qui le ponctuent : l'attaché-case, ensuite les deux cadavres. On va, comme devait aller dans la plaine russe la Grande Armée en déroute.

Une immense fatigue me ligote les jambes et ruine mon énergie pourtant si forte.

C'est Jérôme qui, là encore, ouvre la marche.

Je me déplace comme aux obsèques d'un être aimé, en charriant le passé vécu en sa compagnie. Je revois le bébé Antoine rapporté un soir à Félicie, comme dans du Victor Hugo. Et puis ses premiers mots (il a dit « papa »), ses premiers pas, ses premières sottises, ses premiers jours d'école (il a passé la main sous la robe de la maîtresse pendant qu'elle se tenait baissée), ses premières punitions (un festival !). Les dessins qu'il préparait en secret pour mon anniversaire, enrichis d'une dédicace : « Pour mon papa que j'ème. » Pas le moment de chialer ! Je suis un homme ou une souris ? Un bon Dieu de flic ou une petite fille au cœur tendre ?

Jérôme pile.

— M'sieur ! Je crois bien que le voilà !

Il s'approche d'une faille d'où sort un pied chaussé d'un mocassin souple que je reconnais tout de suite.

— On est passés devant lui, tout à l'heure, avant d'entrer en contact avec les deux hommes, mais on ne l'a pas vu parce que la faille est en biais, m'explique le garçon.

Il éclaire l'intérieur de la niche. Ce que je visionne alors ferait évanouir une chauve-souris ! L'ouverture en question livre accès à une sorte de grotte, laquelle est remplie d'ossements. C'est plein de tibias, de squelettes entassés et, surtout, comble du cauchemar, de têtes de mort aux sourires francs et massifs, dont les yeux d'ombre semblent nous regarder.

Toinet gît sur ces ossements, la tête ensanglantée. Seigneur ! Dans quel triste état l'ont mis ses tourmenteurs ! Son visage n'est plus qu'une plaie boursouflée, sanguinolente. Ses pommettes sont fendues, sa bouche et ses arcades sourcilières éclatées. Il respire ! Je palpe sa poitrine : « l'oiseau de vie continue de s'agiter dans sa cage », comme l'a superbement écrit Jean-François Le Pen dans son « Ode à Mitterrand ».

— Jérôme, va chercher du secours, le plus vite possible, j'attends là, auprès de lui.

Il disparaît, tel Mercure, ou je sais plus quel con sur sa roue ailée.

CHAPELURE

Le jeune toubib du dispensaire (il y en a un à côté de la maison du vieux fondeur un peu fondu) achève de panser mon intrépide rejeton.

— Plus de peur que de mal ! assure-t-il. Il a subi un passage à tabac en règle ; il faudra, par mesure de sécurité, faire une radio de la tête, mais je crois que la sienne est solide.

Son sourire sympa s'efface comme la buée de ton pare-brise quand tu branches la climatisation.

— Posez voir un peu votre veston ! m'ordonne-t-il.

— Pour quoi faire ?

— Vous avez vu votre manche ?

Je regarde : gris clair à l'origine, elle est à peu près de couleur bordeaux maintenant. Tu me croiras si tu voudras, dirait Béru, mais j'ai complètement oublié que j'en avais morflé une au défaut de l'épaule. Preuve que la blessure ne me torture pas. Je ressens rien d'autre qu'une gêne dans le haut du bras, comme à la suite d'un faux mouvement.

Quand je me trouve torse nu, le gentil Doc examine la blessure.

— Vous avez eu de la chance, assure-t-il. Quelques centimètres plus à droite, c'était l'artère sous-clavière qui dérouillait.

— Si je n'avais pas de la chance, je ne ferais pas ce sale métier, bougonné-je.

On ne s'est pas parlé avec Toinet depuis qu'il est sorti du sirop. J'ai voulu lui laisser le temps de rassembler ses esprits martelés par ses chourineurs.

Toujours flanqué de mon pote Jérôme auquel se sont joints Mathias et Pinaud, nous nous rabattons en une brasserie voisine. Sans être un forcené du champagne, j'aime assez en écluser un verre à demi, dans certaines occasions. Un Laurent Perrier rosé se trouvant en stationnement limité dans le réfrigérateur de l'établissement, je le convie à notre table, ainsi que son frère jumeau, né la même année que lui.

Les deux garçons se mettent à tuter comme s'il s'agissait de jus de fruits non alcoolisés. Ils sympathisent à la vitesse grand V. Toinet, pansé, semble tourner un remake de *L'Homme invisible* (le mec qui a inventé le préservatif : ses partenaires amoureuses ne trouvaient pas sa bite pour lui faire un turlut). Il raconte l'assaut du taxi par les deux sauvages à l'étranglement des travaux. Ils ont braqué le chauffeur, puis, rue du Bac, l'ont rectifié avec un petit maillet d'acier que le grand blond portait accroché à sa ceinture. Ils ont obligé Antoine à grimper dans une bagnole stationnée là.

Une fois à bord, comme ils craignaient une arnaque de sa part en l'entendant marmonner à tout bout de champ, ils l'ont fouillé puis lui ont arraché le micro qu'il portait à l'oreille. Ils ont étudié le faux bijou et ont déterminé son usage. S'en est suivi une rage froide de ses agresseurs qui ont failli le trucider. Bref conciliabule entre eux, à voix à peine audible, mais Toinet a compris qu'ils décidaient de modifier le plan prévu et d'aller se planquer dans les catacombes. Il leur fallait d'urgence se défaire de la voiture, pour le cas où il aurait balancé le numéro minéralogique.

Quand ils se sont trouvés sous terre, ç'a été illico la fête d'Antoine. L'homme au maillet d'acier l'a frappé au visage et il a cru que sa tronche explosait. Une première fois il a perdu connaissance, le pauvre biquet.

Sa baguenaude dans la choucroute a dû être longue. Il a confusément conscience d'avoir perçu une altercation entre les complices, l'un reprochant à l'autre d'avoir tué Toinet avant qu'il n'eût parlé, au lieu d'après, *comme prévu !*

Une fois ranimé, mon grand dégourdoche a dû continuer d'avancer, soutenu par l'un des types. Après pas mal d'efforts, il est arrivé là où j'ai retrouvé l'attaché-case. Alors l'interrogatoire a commencé. Toinet frissonne de l'évoquer, si près de l'épreuve qu'il a endurée. Ils ont pissé sur ses plaies ouvertes, lui ont tordu les testicules, ont continué de le tabasser méthodiquement.

Ce qu'ils voulaient savoir ? Beaucoup de choses, tu t'en doutes ! Qui il était, pour le compte de qui il « travaillait », si ses amis étaient parvenus à décrypter le dossier, pourquoi il avait forcé le coffre de l'avocat, que comptait-il faire de l'album, etc.

Toinet jure qu'il a tenu bon. Ça ne lui a pas été difficile car il s'est farouchement retranché dans la version qu'il avait fournie à Flatulence-Alaïe. A savoir qu'il fait partie d'une bande de petits malfrats spécialisés dans le pillage des appartements de vacanciers absents. Cet album si « spécial » lui a donné l'idée d'un possible chantage sur son détenteur. Quant au fameux dossier, c'est précisément parce qu'il n'y comprenait rien qu'il l'a engourdi, pensant que l'on ne travestit que les textes importants, mais ils n'ont pu le transcrire, n'étant pas de force.

Le grand blond a paru le croire, mais son pote regimbait ; c'était un finaud. Il objectait que des tas de gens détiennent des photos pornos sans qu'on soit pour autant en mesure de les faire chanter. Il y a eu encore plusieurs vagues de durs sévices, Toinet n'a pas plié. Ils lui ont demandé alors les noms et adresses de ses complices, le môme a eu la sagesse de les fournir sans hésitation, comme preuve de sa sincérité, mais, bien entendu, c'était des identités fantaisistes. Ils ont paru s'en contenter.

« — Bon, ont-ils déclaré, puisque tu as tout dit, on va se quitter. Que préfères-tu comme mort : le maillet d'acier ou le lingue ? »

Antoine leur a répondu qu'il n'était pas sectaire et que, selon lui, le mode d'exécution le plus propre serait le mieux.

Le frénétique du marteau a alors décidé de le buter.

« — Couche-toi par terre, la figure contre le sol ! »

Toinet a obéi.

Comme le blond dégrafait une fois de plus son étrange arme contondante de sa ceinture, son pote a poussé un cri :

« — La mallette est vide ! »

C'est ce cri qui devait sauver la vie à Antoine. Son pote, médusé, s'est précipité pour constater le fait. Pour cela, il s'est éloigné de trois pas. C'était la première fois, depuis qu'ils lui avaient mis le grappin dessus, que leur vigilance se relâchait. Toinet a bondi, shooté dans les lampes des criminels et détalé. Il a couru comme jamais de sa vie, courbé en avant, les quilles pistonnant à outrance. Derrière lui, les deux tortionnaires ont rallumé leurs loupiotes et dégainé leurs flingues.

Antoine savait qu'il n'aurait pas de deuxième chance, que c'était tout de suite ou jamais plus ! Alors il mettait la sauce ; son drame c'est qu'il cavalait à borgnon, le pauvret, n'ayant, pour se diriger que la faible lueur venue de ses poursuivants. A un moment donné, il est rentré la tête la première dans un obstacle, a titubé et s'est écroulé net. K.-O. ! Par chance, il se trouvait dans l'anfractuosité où nous l'avons retrouvé. Ses courseurs, à cause de notre providentielle intervention, n'ont pas eu l'opportunité d'arriver jusque-là !

Je suis bénaise d'apprendre tout cela.

— Enigme ! annoncé-je. Comment se fait-il que la mallette ait été vide ?

— A vrai dire, elle ne l'était pas, déclare le

gavroche sans rire : elle contenait un petit extincteur enveloppé de papier journal. Pour faire du poids, tu comprends ? Quand, dans mon taxi, j'ai repéré les deux vilains qui roulaient en Porsche, j'ai compris que ça allait cagater noir. Mon réflexe a été de planquer le magot. J'ai soulevé la banquette du bahut et empilé les liasses dessous. Puis j'ai secoué l'extincteur de la bagnole afin de le mettre à la place des biftons. Faudra le rendre à la compagnie en allant récupérer la fraîche.

Là encore il m'en met plein les carlingues, le Toinet. Plus fort que Batman, cézigus !

On en est là quand le commissaire Coudebyte se pointe :

— Message pour vous, dirluche : le gros Bérurier qui vous demande d'aller le rejoindre chez l'avocat pour, assure-t-il, une communion de la plus haute importation !

— Trempez votre long pif dans du champagne rosé, Justin, ça le rafraîchira ! lui conseillé-je.

Et me revoilà parti, suivi de Toinet, Pinuche et Mathias, pour la rue François-Mauriac.

CHAMELIER

M'étonne pas qu'il se soit rendu en loucedé chez Flatulence-Alaïe, le Dodu. Sa pommade antihémorroïdes, à franchement parler, je n'y croyais point trop. C'est pas le genre à charrier des légumes au fion, Mister Ducon. Et quand bien même il en aurait, je le vois mal se tartiner le fignedé d'onguent. Les animaux n'ont pas de ces attentions pour leur trouduc. Quand ils peuvent, ils se le lèchent, ou bien se le traînent sur l'herbe fraîche ; là s'arrête leur thérapie.

Oui, son cheminement mental est clair, logique même ; le raisonnement qui y conduit semble incontournable.

L'avocat porte l'argent à son « rançonneur », seulement il a alerté des hommes de main pour suivre et emballer le racketteur. Ne lui reste plus qu'à rentrer chez lui pour y attendre les résultats de l'opération. Conscient de la chose, à partir du moment où Toinet nous est enlevé, le Gros retourne à la source, c'est-à-dire chez Flatulence-Alaïe (un nom qui fleure bon la Provence), pour lui faire glavioter le morcif.

Son crâne de buis a fait fonctionner la sagacité paysanne sans laquelle la France ne serait qu'un guichet de P.M.U.

Il me veut ?

Il nous a ! La Fayette !

*
**

C'est un curieux Bérurier qui répond à notre coup de sonnette. Il a posé veste et chemise, et le torse vêtu d'un seul maillot de corps (j'écris « maillot de corps » comme on écrit « pou de corps ») à grosses grilles, verdi parce que moisi sous les aisselles, noir autour du cou et gris partout ailleurs, le front dégoulinant de sueur, le nez de morve gastéropodique, la bouche de mousse genre pré-shave, l'œil rubis, les mains sanglantes, évoquant le toro après qu'il eut reçu le châtiment du picador (la pauvre et innocente bête), mais superbe parce que triomphant, son faciès du tertiaire éclairé par le feu de la victoire, il reste un instant à nous dévisager en haletant.

A la fin il dit, montrant Toinet du menton :

— J'voye qu'vous avez récupéré l'moufflet ! Ça s'arrosera !

Un projet de sourire décrispe son masque de centurion surmené.

— Mais z'entrez donc ! propose-t-il, non pas en s'effaçant (à l'impossible nul n'est tenu) mais en s'enfonçant dans l'apparte.

La porte du bureau est ouverte. Nous l'y suivons.

Il désigne le sous-main de cuir sur lequel s'étalent plusieurs feuillets en-têtés du nom de l'avocat.

— Boss, me fait-il, si tu voudreras bien ligoter le document disjoint, t'auras pas l'impression d'perd' ton temps.

Je m'assois dans le fauteuil et lis, à haute et intelligible voix :

— *Je soussigné, Marius Flatulence-Alaïe, soucieux de libérer ma conscience, souhaite faire les aveux ci-après. Je m'exprime en toute liberté et sans contrainte d'aucune sorte.*

Je lève les yeux sur le Gros en train de masser les phalanges et phalangettes écorchées de sa dextre. Il me vote un ineffable sourire d'angelot félicité par le Père Eternel.

Je ne veux pas t'emberlificoter les méninges avec une prose au style judiciairo-policier. Sache seulement que dans ce document d'exception, notre brave avocat reconnaît avoir commis deux sortes de délits très différents. D'abord, au plan terrorisme, il avoue faire partie du Groupe « Terre Brûlée », dont la louable ambition est de déstabiliser les gouvernements occidentaux de manière à préparer un putsch d'extrême droite. Lui est chargé du secteur France où il codirige des éléments d'Action directe. Un attentat d'une grande violence est prévu pour le 14 Juillet (te dire qu'il est imminent !) contre la tribune officielle. Sous couvert de travaux de voirie, une tranchée a été creusée à l'emplacement où s'élèvera la tribune et une formidable charge de T.N.T. enterrée. Elle est en place, le sol est redevenu « normal », la catastrophe sommeille au sein de la terre (plus généralement nourricière). En plein défilé, un artificier clandestin fera tout exploser. Selon les calculs des terroristes, compte tenu de l'importance de la charge, il ne devrait pas y avoir beaucoup de survivants. Avec un peu « de chance », le président de la République et les membres du gouvernement présents à la revue seront décimés.

Tout cela, je le sais déjà, grâce au fameux document magiquement décodé par la maîtresse-assistante-nièce de Mathias. Mais j'aime en avoir la confirmation écrite.

Dans la seconde partie de ses « confidences sur l'oreiller », Flatulence-Alaïe révèle que, pour obtenir du blé facilement, il s'était mis en cheville avec Thérèse Genitrix-Desqueyroux et aussi avec Charly Genous. Tous trois réunissaient des pratiquants de la partouzette chez la comédienne. Assistés de la noire Fleur-de-mai, on prenait discrètement des photos et, ensuite, le trio faisait chanter les participants. Système lucratif et non dépourvu d'agrément pour ceux qui aiment la tringlette en groupe. En metteur en scène consommé des séances hard, Flatulence-Alaïe était parvenu à organiser de superbes parties, ardentes et variées, auxquelles s'adonnaient ses voisines du dessus, les couturières lesbiennes. Les photos qui manquent à l'album sont celles du Vieux que la fille aux « chaleurs torrides » avait entraîné dans ces orgies bien de son âge.

A la fin de ces confidences, si capitales, si croustillantes, nous enregistrons une déconvenue :

l'avocat pourri prétend tout ignorer de la disparition du Vieux, de celle de Thérèse, ainsi que d'un assassinat dans l'appartement de sa voisine du dessous. Il ne sait rien non plus du suicide de la bonne de couleur.

Comme j'émets des doutes sur sa sincérité, Béru assure :

— Croivez-moi, les mecs, si y dit n'rien savoir, c'est qu'y n'sait rien. Y a pas d'oraison qu'y l'ait avoué tout l'reste et pas ça. Slave dit, j'sus prêt à r'prend' mon interrogatoire à zéro. V'nez ! J'n'demande qu'ça.

Nous allons.

En cheminant vers la salle des supplices (là n'est pas la question), je me dis qu'elle est bien surprenante, cette affaire. Parti à la recherche d'Achille disparu, je ne le retrouve pas, mais je mets le nez dans trois autres histoires pas piquées des hannetons : un meurtre (suivi de mutilation de cadavre), un chantage, et mieux que ce qui précède, un complot contre la sûreté de l'Etat. Déguste, Charles.

Bérurier a aménagé son laboratoire provisoire de passage à tabac (le violon d'Ingres du cher homme), dans la salle à manger de l'avocat, gentiment meublée design (chrome et verre, cuir et plastique). Pour égayer l'ensemble, le cher maître est suspendu par un poignet après l'équerre de fer soutenant la tringle des doubles rideaux. Son poignet de sustentation est violacé, presque noir, sa face grimaçante fait peine à voir ; elle est creusée de rides sombres qui accusent le beau vert de son teint et le rouge écarlate de sa bouche tuméfiée. L'une de ses oreilles, à demi arrachée, pend comme un volet dégondé du haut. Ce ne sont pas des lunettes qu'il porte, mais deux cocards identiques, d'un bleu presque noir.

— Toi, au moins, tu n'as pas peur des bavures ! dis-je à voix basse.

Béru rigole.

— Faut savoir c'qu'on veuille dans la vie, grand, et tout faire pur l'obtiendr', sinon tu l'as *in the babe very profondly*, comme dit les Angliches. Un terroriss, si t'employes pas les moiliens haddock, t'es certain d'r'trouvever tes claouis dans l'platane d'l'av'nue avec en prime dix mèt' cinquante de boiliaux pour former guirlandes d'Noël !

— Descends-le de là !

— Mais comment veux-tu qu'j'l'questionnerais s'il r'trouve ses zaises ?

— Descends-le vite ! Tu ne sais pas qu'on peut mourir d'avoir été suspendu par un bras, voire par deux ? Regarde le Christ.

Maugréateur, Alexandre-Benoît grimpe sur une chaise pour déverrouiller la boucle d'acier. Le client choit d'une vingtaine de centimètres. Il reste allongé sur la moquette. Son poignet entamé par la morsure de l'acier se met à pisser le sang.

— Essaie de trouver de quoi le panser ! demandé-je au Rouquin.

A vrai dire, je ne me sens pas très à l'aise devant cet homme torturé.

Il articule quelque chose :

— Soif !

— Donne-lui à boire ! enjoins-je à Pinaud.

Utilisation des compétences ; le cher Fossile furète et revient avec une bouteille de vieux porto.

— Du tawny, 20 ans d'âge, annonce-t-il à voix de sommelier.

Il entifle le goulot entre les lèvres malmenées de Flatulence-Alaïe. Ce dernier boit à longs traits. Quelque énergie semble lui revenir, son visage vire doucement du vert épinard au blanc linceul.

Me reconnaissant, il déclare :

— Je proteste contre les sévices et vais me constituer...

— Qu'est-ce y dit ? demande le Mammouth bison sauvage mais peu futé.

— Il va porter plainte.

— Jockey ! Qu'y porte tout c'qu'y veuille !

Il ôte l'une de ses godasses, l'empoigne par le bout et assène le talon à toute volée contre la pommette déjà bleuie du maître.

— Un peu d'pluss, un peu d'moinss, l'résultat s'ra kif-kif bourricot.

Et de lui faire péter l'autre pommette par souci de symétrie.

Cette fois, toute velléité rébellionnaire cesse chez Flatulence-Alaïe.

— Maître, lui dis-je, vous venez de subir des voies de fait graves et les aveux que vous avez passés vous ont été arrachés par violence, j'en conviens.

Un éclat de satisfaction passe dans ses yeux tuméfiés.

— De deux choses l'une, poursuis-je. Ou bien vos révélations correspondent à la vérité et l'on retrouvera bel et bien des explosifs sur la place de la Concorde, ou bien ce n'est que pure fantaisie de votre part. Dans le premier cas, en haut lieu on ne prendra pas garde à votre gueule en compote et même si on vous mettait une bastos dans la nuque, l'affaire n'aurait pas de suite. Dans le second, il sera probable que l'officier de police Bérurier ici présent sera traduit en correctionnelle.

« Cela dit, vous êtes de toute manière inculpé de chantage et de complicité dans une tentative d'assassinat perpétrée contre le jeune homme que voilà. D'autre part, il ne faut pas oublier votre appartenance à un groupe terroriste. Moi, à votre place, je jouerais franc-jeu, à présent que vous êtes dans la plus noire gadoue. En qualité d'avocat, vous devez comprendre que c'est la seule attitude qui vous permettrait de limiter la casse pour vous. Réfléchissez, vous avez tout à gagner à ce que vos aveux passent pour spontanés. C'est pour vous la seule manière d'en tirer bénéfice. »

Je vois clairement se dessiner une approbation dans son esprit rusé. Le vieux routier sait que j'ai raison.

— On est propre-en-ordre ? lui demandé-je.

Il a un très court hochement de tête.

— Bravo ! Maintenant, je veux que nous parlions du « suicide » de Miss Fleur-de-mai ainsi que de la disparition de M. Achille Hachille, et puis aussi, du temps que nous y serons, d'un ennemi possible de Thérèse Genitrix-Desqueyroux. Reprenez un peu de porto, c'est une boisson énergétique qui va vous donner un coup de fouet.

CHARMILLE

Conversation à maton repu. Silence religieux de mes assistants. Seuls, les bruits de gorge du Gros, éclusant une seconde bouteille de porto et libérant des reliquats de pets troublent la sérénité d'une discussion qui m'incline à croire que Flatulence-Alaïe n'est effectivement pour rien dans les disparitions, ni dans l'assassinat, mais qui, cependant, du fait de mon prodigieux esprit de déduction, m'apporte de solides éléments de réflexion[1].

Ayant butiné ce tas de merde, comme l'abeille butine des fleurs de courges, je charge mes hommes de l'emmener au secret dans la cage à poules « particulière » de la Grande Cabane. Il ne doit communiquer avec personne jusqu'à ce que je prenne une décision à son endroit. On passe les menottes à l'avocat, de façon plus orthodoxe, et mes valeureux mousquetaires se cassent.

— Je peux rester avec toi ? demande Toinet.

— Bien sûr, mon petit loup !

1. Phrase tortueuse qui semblerait indiquer qu'il me vient des arrière-pensées académiques.

— Pourquoi t'attardes-tu dans cet immeuble ?

— Des visites à faire, encore ! Tu veux aller voir ta petite copine d'en face, en m'attendant ?

Il fait la moue.

— Non. Avec ma gueule sinistrée, mon charme n'a plus le même impact.

— Que tu dis : rien de plus séduisant qu'un héros blessé !

— Pourquoi as-tu demandé à ce faisan qui mâchouillait du bois de réglisse dans son entourage ?

— Parce que c'est un élément important ; je t'expliquerai plus tard.

— Sherlock ?

— A mes heures.

— Il ne semblait pas porter la bonniche noire dans son cœur...

— Il est raciste.

— Mais si c'était réellement une pourrie ?

— En ce cas, évidemment...

— Tu es laconique.

— Pensif.

Nous voici devant la porte de Thérèse Genitrix-Desqueyroux. Sésame, ouvre-la ! Il.

Déjà, l'apparte renifle le renfermé. C'est terrible comme tout se décompose rapidement : les gens, les choses, les instants.

Je furète à la recherche de la chambre de Fleur-de-mai. Elle se trouve au bout d'un petit couloir donnant sur l'office. Exotisme délirant. Des nègreries à ne plus en pouvoir. Masques de bazar, tapis bariolés, dents d'éléphants, voiles imprimés aux couleurs criardes, tables basses « ouvragées », photos de gens tellement sombres que l'on dirait des négatifs, coffrets aux incrustations d'ivoire. Dans l'un deux, des bûchettes de réglisse. Donc, le maître ne m'a pas menti sur ce point.

Je m'assieds sur le lit bas de la grosse « suicidée », comme momentanément terrassé par un coup de fatigue.

Coup de fatigue. Coup de chaleur...

Coups de chaleur mon cul. Ne s'agissait-il pas, en fait, d'une forme déguisée de prostitution aggravée ?

Où l'a-t-elle (ou devait-elle) l'emmené, mon vieil Achille, la gourgandine, pour qu'il lui offre de somptueuses valises Vuitton accompagnées de ce mot délicat « Pour que vous m'emmeniez plus loin encore ? » M'est avis qu'il s'est laissé chambrer de première, Pépère ! Il n'a plus l'âge de ses artères, notre bon Chilou, on dirait. La retraite lui a ramolli le bulbe.

Pourtant, quelque chose a fait capoter le voyage qu'il avait prévu avec Thérèse. Au lieu des sites enchanteurs, il est en train de croupir dans une quelconque geôle (ou assimilée). Ses kidnappeurs espèrent quoi de lui ? Une rançon ? Achille est riche, il devrait pouvoir faire face à de fortes exigences ; par contre, il vit seul, et les tractations ne doivent pas être commodes.

— Tu supputes, le grand ?

— A mort !

— C'est productif ?

— On dirait. Dans chaque affaire délicate, le

moment vient où je me convoque pour une réunion au sommet. C'est la période de fécondation. Tout ce que j'ai amassé, consciemment ou inconsciemment, se met en place sans que je m'en rende bien compte. Si tu dois devenir un grand flic, un jour, tu connaîtras ce phénomène, *baby*. Il est à la fois pénible et exaltant.

Je prends un bâtonnet de réglisse dans la boîte de la *big* Noirpiote et me mets à le mâchonner, comme je le faisais jadis à la communale. Les copains m'en mendiaient et je le fractionnais parce que j'avais bon cœur.

— L'avocat a avoué avoir fait chanter le vieux Dirlo ?

— Oui.

— Et il a casqué ?

— Il paraît.

— Pour un ancien grand patron de la Rousse, c'est pas glorieux.

— Les plus grands médecins ont la trouille du cancer quand ils l'ont.

— Ça a dû refroidir sa passion pour Thérèse ?

Je lui donne une tape au cou (il n'y a plus que cet emplacement de sa tronche qui soit encore intact).

— Eh bien voilà, lui dis-je.

— Voilà quoi, *padre ?*

— La raison de leur capotage à tous les deux.

Je quitte la chambrette africaine pour gagner la salle de bains de Thérèse. Le rideau de douche arraché a laissé un feston de matière plastique au ras des tringles. La trace de la balle est très nette dans les carreaux de faïence. Tu admets, toi, qu'une petite comédienne exaltée du cul, bute un mec d'une balle, puis le découpe, enveloppe les plus sales morcifs dans un rideau de douche, répartisse ces reliefs dans deux valises qu'elle descend chez sa voisine du rez-de-chaussée, à l'intention d'un commissionnaire ? Les bagages vont ensuite à la consigne où « quelqu'un » les retire plus tard. C'est pas un peu beaucoup pour une faible fille ?

— Bon, ce sera tout, murmuré-je ; continuons nos visites.

Le môme s'amène. Son pansement laisse juste un peu de place pour son regard coquin.

— On se rend chez qui ?

— Des dames lesbiennes qui, paradoxalement, fabriquent des robes de mariées.

Les demoiselles Imbouré, à genoux, travaillent sur une traîne destinée au mariage de Mlle Fourme (d'Ambert), fille d'un gros producteur de fromages avec M. Paul Trons, fils d'un général en retraite.

Ma venue les mi-figue-mi-raisine. *In my opinion,* le maître a dû leur bonnir l'affaire de l'album volé afin de les mettre en garde contre des suites possibles.

Elles se relèvent cependant pour m'accueillir.

— Beau travail, dis-je, en montrant la traîne.

— Merci, grince Julie. Que pouvons-nous pour vous, inspecteur ?

Cette dégradation, bien qu'imméritée, ne m'affecte pas.

— C'est à propos des aimables parties de fesses

de Thérèse, dis-je. Vous saviez que vous étiez photographiées pendant vos ébats ?

Haut-le-corps. Sœur Mathilde exclame bien fort que « Mais que dites-vous-là, monsieur le commissaire ! » Mon regard placide et un poil rigolard lui stoppe d'éventuelles dénégations.

— J'ai vu le documentaire, fais-je, pour vous le prouver, je peux préciser que vous avez deux grains de beauté rapprochés sur une cuisse, près de la chatte, et que votre frangine manie le godemiché comme Victor Hugo la plume d'oie. Alors, votre réponse ?

Elle se détourne et maugrée :

— Si nous l'avions su, nous ne nous serions pas laissé faire !

— Qui vous a entraînées dans ces orgies de colocataires ? Thérèse ou l'avocat ?

Elles se regardent sans répondre.

— Vous préférez que nous allions parler de cela à la P.J. ? je demande avec un max d'innocence qui ferait transpirer un pingouin.

Elles ont une commune déplorade qui s'achève en supplique :

— Oh ! non ! Oh ! non ! S'il vous plaît !

— En ce cas je vous écoute.

Elles parlent, et c'est vrai que je les écoute !

⁂

Mon nouveau disciple me dit, une fois la porte des chattophages fermée :

— Te regarder agir est un remarquable spectacle, p'pa.

— Flatteur !

— Je te jure. C'est la manière qui est attractive, le ton, les mots, surtout la légèreté. On a l'impression que tu ne prends rien vraiment au sérieux et que tu agis par simple goût du travail bien fait.

— Il y a de ça, dis-je, frappé.

Je m'arrête comme se cabre un cheval devant l'objet le plus innocent du monde, mais qui le trouble.

— Je voudrais nous livrer à une petite expérience, Toinet.

— Dis ?

— Descends au rez-de-chaussée. Quand tu seras parvenu au pied de l'escalier, pousse un grand cri ; un vrai, long et terrific. Et puis attends mon arrivée.

— Banco !

Le voilà parti en caracolant. Moi, je resonne à la lourde des petites veuves clito.

— Oublié quelque chose ? demande Julie.

— Pas vraiment.

J'entre et referme la porte. J'attends.

Les deux frangines m'observent en se demandant si je suis le chevalier Dulard ou l'évêque Cauchon.

— Votre petite arpète est en vacances ? je questionne-t-il.

— Nous l'avons congédiée.

— Elle léchait mal ?

— Oh ! s'indignent-elles d'un commun accord.

A ce moment intervient le grand cri réclamé à

Antoine. Les couturières sont terrorisées à plate couture.

— Oh ! mon Dieu, encore ! fait l'une des deux (celle qui est la plus proche de l'autre).

— Pas de panique ! les rassuré-je. Le cri de la pauvre Fleur-de-mai ressemblait à cela, compte tenu, évidemment, qu'il sortait d'un organe féminin ?

— Oui, exactement ! dit la sœur située à la droite de la précédente.

— Au revoir, mes gentilles magiciennes. Bonne traîne et bonne broute. N'oubliez pas de glisser deux doigts en même temps, c'est le calibre d'un frifri courant ; je m'y connais, je suis lesbien à mes heures...

En bas, je trouve mon cher Antoine bis flanqué des dames Dermot (la kinési) et Yourovitch (la camarade de jeux de feu le tzar Nicolas II).

L'une comme l'autre houspillent mon hoir à cause du cri affreux qu'il a poussé et qui leur a retourné les sangs. Le traitent en chœur de mauvais plaisant, de « voyou qui ne respecte rien », etc.

Ma venue les stoppe.

J'achève de les calmer en leur précisant que le garçon est mon collaborateur et que c'est à ma demande qu'il a agi.

Elles rengracient volontiers. Je demande à la Dermot si elle est libre. Miracle : Mme Chaudelance, l'épouse du médecin vénérologue de la rue André-Gide s'est décommandée, et elle accepte de masser Toinet, le pauvre contusionné, qui vient d'avoir un accident de motocyclette.

— Pendant que votre efficace voisine va s'occuper de ce garçon, fais-je à la sainte-russe, puis-je espérer avoir un nouvel entretien avec vous, comtesse Pojarsky ? Votre conversation est étendue comme la plaine d'Oural et vous racontez si bien l'Histoire qu'on croit la vivre.

Elle me minaude un sourire fraiseur, de sa bouche en forme de violette impériale.

— Entrez ! Entrez ! tonitrue la vieillarde en me précédant dans son confortable mouroir.

Le petit salon, les choses iconantes...

« Mon » fauteuil (car à partir de deux fois, tout geste se constitue en habitude).

— Vous dûtes être une grande amoureuse, Altesse ?

Ça la fait sécréter des fissures.

— A quoi voyez-vous cela, trrrrès cherrr ?

— Je ne le « vois » pas, je le « sens ». Et peut-être l'êtes-vous encore ?

— Sous une autre forme, je ne dis pas. J'ai atteint l'âge de la passivité.

— Heureusement que la vie nous propose inlassablement des solutions de rechange, n'est-ce pas, Majesté ?

Elle me coule un regard indéfinissable, mais que je définis parfaitement, si tu veux mon avis.

— Pourquoi vous dites cela ?

— Parce que chaque être humain constitue un hymne à la vie, ma bonne souveraine. Pardonnez mon sans-gêne, mais auriez-vous des toilettes dont je pourrais user avec modération ?

Elle secoue la tête.

— Navvvrée je suis, mais j'attends plombier car elles sont bouchées !

— Oh ! mon Dieu, quel grave inconvénient pour une personne de votre âge, madame la Grande-Dusèche. Sans être un réel bricoleur, je parviens parfois à remédier à ce genre d'ennuis, aussi vais-je tenter de remettre à votre disposition ce que j'implorais pour la mienne[1]. C'est par là, je suppose ?

Et de me lever en trombe (d'Eustache) pour foncer dans la partie des chambres.

Depuis le canapé où elle gît, elle geint :

— Mais non ! Mais je vous interdis...

Il n'est pire sourd que celui qui ne veut pas entendre, comme le répétait Beethoven qui a composé la *Cinquième* en croyant réparer la porte de sa salle de musique.

Je bombe et la Reine Christine n'est pas encore sortie de son siège. Deux portes vis-à-vis. La première ouvre sur l'antre de la vieille : catafalque, tentures cramoisies, fanfreluches en tout genre. En face, c'est une chambre aussi mais « à donner », comme dit ma Félicie.

De fait, elle l'a donnée, Mémère.

Donnée à une jeune femme au visage pas désagréable, au corps bien fichu et dont je sais à

1. Phrase boiteuse qui convient tout juste pour une vieille personne frappée d'arthrose.

peu près tout puisque j'ai potassé l'album.

Elle est allongée habillée sur le lit de cuivre et lit un roman policier de Jean-Baptiste Baronian.

— Gagné ! dis-je en riant.

Je me dépose sur le bout du plumard, face à elle.

— Ravi de vous connaître enfin en chair et en os, chère Thérèse. Vous ne vous plumez pas trop, à la longue, ainsi claquemurée chez cette vieille chouette pendant deux mois ?

CHAPITRABLE

Elle a cet air incertain des gens hospitalisés depuis longtemps et qui perdent doucement la notion des réalités. Me contemple avec crainte.

— Vous êtes San-Antonio, n'est-ce pas ? murmure-t-elle.

— Complètement, réponds-je.

— Gros Bébé m'a tellement parlé de vous qu'il me semble vous connaître.

— C'est mon ex-directeur tant aimé que vous affublez de ce sobriquet grotesque ?

— Il aime.

— Oui, fais-je ; son côté vieux con. L'homme le plus remarquable éprouve le besoin d'être niais en vieillissant. A son sujet, pouvez-vous me dire ce qu'il est devenu ?

Elle hausse le sourcil droit pour marquer une réelle surprise.

— Je n'en sais rien.

— Pas la moindre idée ?

— Nous devions partir à Venise.

— Ah ! c'était Venise, la destination ?

— Par l'Orient-Express...

— Vous m'en direz tant (vous mendierez tant). Et le voyage a été annulé ?

— Oui.

— De votre fait ou du sien ?

— Du mien.

— Maître Flatulence-Alaïe a voulu le faire chanter pour les photos. Il a payé, mais a mal pris la chose, et vous l'avez envoyé aux bains turcs ?

Elle ouvre la bouche à vide, me faire voir sa stupeur qui ressemble à ses amygdales.

— Comme vous le voyez, je suis très informé, dis-je.

Là-dessus, l'archiduchesse Blinis se pointe, assez Folle de Chaillot. Elle s'est servi une grande vodka aux herbes pour surmonter son émotion. Ses paupières plâtreuses lâchent du lest à chaque battement.

— Ne tourmentez pas cette enfant, monsieur de la Police, elle a suffisamment souffri, jette l'amie des Romanov.

Elle vient se confier aux bras compatissants de l'unique fauteuil de la pièce. Sa main en patte de gallinacé tremble sur le verre ; jadis, c'était des queues qu'elle enserrait de la sorte, mais elle ne tremblait pas dans le même sens...

Je me lève pour exécuter quelques courts pas dans la chambre exiguë.

— Ecoutez, les filles, attaqué-je sur un ton extrêmement familier, une chose est indiscutable : nous allons tous mourir dans les cinquante ou soixante années qui viennent. D'ici là, nous devrons assumer, les uns et les autres, cette merveilleuse chierie qui s'appelle la vie. Alors essayons de le faire proprement.

« Il y a eu du grabuge, ici, et je suis là pour le tirer au clair. Si je ne le fais pas, d'autres viendront qui auront probablement un comportement différent, plus rugueux. Quand on a commis des actes répréhensibles, on a, plus que jamais, besoin d'être compris... Je vais vous aider ; préparer les forceps pour l'accouchement de la vérité qui, souvent, a du mal à passer.

« Tenez, commençons par la fin. La mort de Fleur-de-mai. Si vous saviez comme ça s'est fait sottement, mes pauvres petites ! La bougresse noire qui a trempé dans la combine des photos licencieuses décide, en partant en course, d'avoir une discussion avec Son Altesse Impériale et s'arrête ici. Elle se met à converser avec vous, Majesté. Le bout de réglisse qu'elle venait de se mettre dans le bec la gênant, elle le retire et le pose à son côté sur le fauteuil où son gros fessier ne tardera pas à le faire disparaître. La discussion ? Aucune idée, vous aurez le temps de nous raconter ça plus tard.

« Mais voilà qu'une bavure se produit : Thérèse, qui n'a pas entendu la visiteuse, surgit. La tuile ! Elle se planquait chez la reine depuis le coup des valises. La Noiraude exulte. Menace de casser le morcif, veut s'enfuir. Au moment où elle est sur le palier, Mme Yourovitch, perdant tout contrôle, l'estourbit avec le délicieux bronze Arts déco du salon représentant une plongeuse en maillot une pièce et bonnet de bain. Au début, la Noire tente de parer les coups, de s'agripper. Ce faisant, elle arrache un bouton de votre chemisier ; je chercherai ce dernier dans votre garde-robe et nous comparerons.

« Votre colère est si vive, Votre Altesse, que vous cognez, cognez à perdre haleine, deux, trois, cinq fois, lui brisant nuque, omoplates, boîte crânienne. L'horreur. Alors Thérèse, épouvantée, fait preuve d'une rare présence d'esprit. Elle vous pousse dans l'appartement et lance un immense cri de défenestrée qui rameute les locataires de l'immeuble et les passants. Ensuite, elle vient se planquer. Le temps que vous retrouviez vos esprits, et vous sortez aux nouvelles, Votre Grâce. En pleine repossession de votre sang-froid. Coup d'audace magnifique. Esprit d'à-propos stupéfiant. Thérèse, ce que vous avez réussi là, pas dix femmes au monde, depuis Jeanne d'Arc, n'auraient pu le faire.

« Dernier point élucidé, donc. A présent, remontons le temps de deux mois pour retrouver l'instant où vous êtes venue chercher de l'aide chez la comtesse de Rostopchine après avoir tué un type dans votre salle de bains, petite fripounette ! Femme de grande sagesse, je gage qu'elle vous a indiqué comment s'en débarrasser : le priver de ses jambes et peut-être également de sa tête (j'ignore les dimensions de vos « Samsonite », le répartir en deux bagages, faire porter ceux-ci dans une consigne de gare comme le font la plupart des dépeceurs. C'est bien cela ? Merci.

« Maintenant, je vais vous livrer ma conception

de l'affaire. Même si ce n'est pas la bonne, vous aurez intérêt à la faire vôtre car elle vous avantage grandement, ma petite puce salope ! Un homme est arrivé à votre appartement alors que vous vous y trouviez seule. Il vous a menacée de son pistolet. Je pense qu'au moment où il s'est pointé, vous étiez en train de prendre un bain ? »

— Une douche ! rectifie Thérèse Genitrix-Desqueyroux, ce qui me prouve que je suis sur la bonne voie, comme disait un cheminot en grève.

— Malgré la frayeur qu'il vous inspirait, vous lui avez demandé la permission de mettre un peignoir. Il vous l'a accordée et, une fois là, il s'est permis des privautés sur votre personne.

— Non, fait-elle.

— C'est ce que vous direz, insisté-je avec force.

— Bon, se soumet-elle.

— Alors vous vous êtes débattue ; il a laissé tomber son arme en voulant vous maintenir. Vous lui avez glissé entre les mains, vous avez réussi à ramasser le pistolet et lui avez tiré dessus. Où cela, au fait ?

— Dans le cou.

— Très bon, ça accréditera le côté fortuit : on ne tire pas dans le cou de quelqu'un pour se défendre, plutôt dans la poitrine. Compris ?

Elle opine.

— Ecoute bien ce que dit le monsieur policier, chérrrie ! engage la tzarine ; du bien il te veut, je sens.

— Qui a retiré le corps de la consigne ? questionné-je brusquement.

— J'ai téléphoné à mon ancien mari.

— Mortimer ?

— Oui.

— Et il s'est chargé des valises ? Dites, c'était un bon époux, vous auriez dû regarder à deux fois avant de divorcer.

— Non, c'est une ordure ! rectifie la comédienne. L'homme au pistolet, c'est lui qui me l'a envoyé.

— Pour quoi faire ?

— Me tuer !

— Vous en êtes certaine ?

— Le type me l'a dit. Il a voulu que nous restions dans la salle de bains pour que ça se passe proprement : il voulait me tuer dans la baignoire. C'est en l'enjambant que j'ai glissé et l'ai bousculé.

— Donc, il y a réellement eu légitime défense ?

— Mais bien sûr ! Vous me prenez pour une meurtrière ?

— Vous savez, quand on est capable de faire chanter les gens qui vous baisent...

Elle baisse la tête et je l'entends murmurer :

— Tout de même...

— Reprenons, ma belle. Ce tueur à gages, que sa victime désignée tue, vous demandez à Mortimer de le récupérer. Et il accepte ?

— Il n'a pas protesté ; c'est bien la preuve, non ?

— En effet.

Un silence. Elle paraît faible, et pourtant elle est

diablement forte, cette petite actrice ratée. Elle sait faire front aux pires situations, à preuve !

— Vous savez pourquoi il veut votre mort ?

— Pour m'empêcher de parler.

— Eh bien ! parlez, il n'aura plus de raisons valables ensuite ! Que fait-il de si répréhensible ?

— Il dirige un réseau de drogue très important entre l'Europe et les U.S.A.

— Il vous l'a avoué à l'époque de votre mariage ?

— Je ne le sais que depuis deux mois.

— Qui vous l'a révélé ?

— Gros Bébé.

J'exclamationne :

— Achille !

— Oui. Il était ici, un jour, et mon ex est arrivé. Gros Bébé l'a reconnu. Il avait eu affaire à lui, une quinzaine d'années en arrière, mais Mortimer avait réussi à échapper à la police française. Peter, lui, n'avait jamais vu Achille, aussi leur rencontre a été sans conséquence dans l'immédiat.

Je conçois fort bien le topo. Après le départ du mari, Chilou, ce vieux con, casse le morcif à sa dulcinée, laquelle n'a rien de plus pressé que de prévenir celui qui continue de lui verser une pension, œuf corse ! Mortimer sort alors le grand jeu : kidnapping du Vioque, puis liquidation de son ancienne femelle. Pourquoi n'a-t-il pas neutralisé le Tondu ? Sans doute parce qu'il mijote de l'utiliser comme monnaie d'échange en cas de problèmes graves ?

A présent, il s'agit de faire fissa ! Chaque heure

qui passe risque de mettre les jours du Vénérable en danger ! Il en a déjà vécu beaucoup, mais ce n'est pas une raison.

Coup de turlu à mes scouts de France pour qu'ils viennent ramasser les deux gonzesses. Ils promettent de faire ultra-rapidos.

Retour de mon petit Toinet. La kinési doit lui avoir tout massé, y compris les bas morcifs, car il marche entre parenthèses et, à travers le pansement, ses yeux ressemblent à ceux d'un mérou pêché de huit jours.

Mathias a raison : « c'est un bon » !

CHAFOUETTE

Ils sont décontractes, ces Ricains. Sous prétexte qu'il fait 35 degrés plantigrades sur Paname *today*, Peter Mortimer est en bermuda et torse nu dans son bureau de producteur. Faut pas chier la honte ! Le jour où tu trouveras Alain Poiré, le directeur de la Gaumont dans cet appareil, viens me chercher, on arrosera l'événement !

Ce gros blond-roux a les pieds nus sur son sous-main : saint Jean-Pieds-de-Porc ! Des poils qui brillent au soleil. Un flacon d'eau de toilette et un gant en tissu-éponge voisinent sur un plateau ; de temps à autre, il humecte le second avec le contenu du premier afin de se bassiner le visage.

— Peux pas supporter la chaleur, grogne le pourceau, et pourtant je suis né en Arizona, où le soleil cogne avec une barre de fer.

Il me désigne Béru qui est de ce parcours du combattant :

— Il supporte, votre gros sac ? Oui, puisqu'il porte un veston.

Le « gros sac » serre ses jolis poings qui font songer à deux enclumes en chômage. D'une œillée bienveillante, je le conjure de s'écraser. Il y parvient, mais procède à un lâcher de soupirs qui en disent long comme un discours de sénateur sur ses sentiments perso. Comme cette décompression ne parvient pas à lui rendre sa joie de vivre, il craque une belle louise en bonne et due forme.

Peter Mortimer accuse cette tornade :

— Il se sent plus, ce type ! Vous êtes tous comme ça, dans la police française ?

— Pas tous, le rassuré-je. Il en est qui préfèrent roter. Mais tenez compte du fait que nos intestins subissent de fortes pressions qu'on demande à un malheureux sphincter de réprimer ; les jours de féculents, il doit bien se soumettre, que voulez-vous. Or, un officier de police, chez nous, est modestement rétribué, ce qui contraint son épouse à le nourrir de pommes de terre, lentilles, pâtes et haricots secs ; le niveau de vie intervient dans l'abondance de nos vents.

Mon homélie chafouine le producteur.

— C'est pour parler pets que vous venez me voir ?

— Je voudrais bien, dis-je en prenant une mine follement éplorée, ce serait plus divertissant que ce que j'ai à vous dire.

— Ah ! oui ?

— Nous avons retrouvé votre ex-femme, Mme Thérèse Genitrix-Desqueyroux. J'ai le regret de vous annoncer qu'elle est morte !

Il arrête de se frotter le cou avec la saloperie de gant de toilette sur lequel sa rouquinerie déteint.

— Pas possible !

— Hélas !

— Que lui est arrivé ?

— L'autopsie nous l'apprendra probablement. Je vais vous demander de nous accompagner pour reconnaître son corps, lequel, avec cette vague de chaleur, est en assez piteux état.

— Où l'a-t-on trouvé ?

— Dans les bois de Saint-Cucuffa, au creux d'un fourré. Je ne veux pas ajouter à l'horreur, mais les bêtes n'ont pas respecté sa dépouille. Vous voulez bien nous suivre, Mister Mortimer ?

— Ça ne peut pas attendre demain ?

— Non. Il nous faut votre témoignage légal avant l'autopsie qui ne saurait être retardée.

Ma péremptoirité le détermine. Il se lève en phoquant.

— Le temps d'enfiler une chemise et un pantalon, fait-il.

Pendant qu'il procède à sa vêture, je demande au Gravos :

— Tu es bien sûr de ton pote ?

— Dans la fouille ! J'y ai turluté et il est d'accord. C's'rait malheureux : un gars de Saint-Locdu-le-Petit qu'j'lu aye cassé le pif quand t'est-ce nous étions chiares ! Y avait un tantagoniss ent' nos deux communes, bien qu'nous allassions à la même école.

***

J'admets qu'il fait tout à fait copain intime de Bérurier, le surnommé Gros Louis. En réalité il est maigre comme une danseuse étoile et je subodore que c'est par dérision qu'on a fait précéder son prénom de l'adjectif « gros ». Le nez brisé jadis par notre ami commun ressemble à une cocotte en papier plantée dans son visage de con rigoureusement authentique, tant il est fait d'arêtes multiples aux lignes brisées (aussi).

Regard éloquent du Mastard à son pays. Autre regard « connivent » dudit pays.

— On vient pou'r'connaît, la p'tit' dame qu'on a causée, Gros Louis.

— Si vous voudrez m' suv' ! répond ce frère de terre et de vocabulaire du Mastard.

On traverse la salle des cadavres où règnent un froid et un silence sépulcraux.

— On a été d'obligés d'la mett' dans l'ancienne morgue, vu qu'on affiche complet en périod' d'vacances. Y z'ont z'eu beau institutionner l'permis à points, les congés payés continuent d' s'fraiser la gueule à qui mieux mieux, comme si qu'en aurait pas z'assez pou' tout l'monde !

On traverse un palier désert comme le Sahel un dimanche après-midi pendant la retransmission d'une course de formule I. Vient tout de suite après une seconde salle, plus petite que la précédente, moins fraîche mais davantage sépulcrale d'ambiance.

— Maint'nant casse-toi, Gros Louis, murmure Béru ; c'est préférab'.

Docile, le bonhomme en blouse blanche s'efface. Je referme la lourde derrière lui et, comme sa serrure comporte une clé, j'en donne un tour.

Au même instant, mon camarade Béru, avec une maestria de prestidigitateur, passe les menottes aux poignets du Ricain avant qu'il ait eu le temps de réaliser.

Après quoi, en vrai gros lâche, il lui met une série de directs à l'estom' et au foie avant de le conclure d'un phénoménal crochet à la mâchoire qui ferait passer Stallone pour le Petit Chaperon rouquinos.

— De la part du « gros sac », mon Minouche, lui dit-il.

Mais le produc n'a pas dû l'entendre car il est groggy.

Quand Mister Mortimer se met à jouer des ramasse-miettes, il se trouve dans un grand bac de zinc qui pue la mort ancienne. Une deuxième paire de cabriolets emprisonne ses chevilles. La bassine sombre coulisse sur un rail permettant de la rentrer à l'intérieur d'un compartiment aménagé dans le mur, ainsi qu'une onzaine d'autres.

— O.K., Mortimer ? je lui lance. Vous qui souffrez tant de la chaleur, vous allez être à la fraîche, là-dedans.

— C'est une farce grotesque ou quoi ? demande-t-il avec calme.

— Comme si nous avions l'âge de faire des blagues, mon pauvre vieux. Attendez, je vais tout vous expliquer ; un instant, *please !*

J'enfonce le bac avec son occupant dans la profondeur du caveau provisoire, ensuite je ferme sa porte de fer dont les chromes se piquent de rouille.

— Je pense sincèrement que ton idée est vibrante, Gros.

— On va voir, prudente-t-il.

Je laisse s'écouler une dizaine de minutes avant de déponner.

Dans son trou à rat, il est devenu plutôt pâlichon, le faux cadavre. Mais son regard contient tellement de haine à mon égard que je vais bronzer comme avec des U.V.

— Le principe est le suivant, expliqué-je à l'Américain. Vous détenez le vieux type qui fut mon directeur avant que je prenne sa place, celui que votre ex-femme appelle Gros Bébé. A son propos, je vous rassure : elle est bien vivante et a déjà déposé contre vous. Vous connaissant, j'ai craint que vous ne le rendiez qu'en échange de votre liberté. Or je suis le genre de policier qui veut à la fois le beurre et l'argent du beurre. C'est donc vous qui allez commencer par remettre M. Achille Hachille en circulation. Vous demeurerez ici tant que le cher homme ne sera pas au ministère de l'Intérieur, une coupe de Dom Pérignon à la main. L'endroit est désaffecté, de plus notre ami Gros Louis, que vous avez vu, est le seul employé qui ait encore la charge de cette ancienne morgue. Conclusion : personne, je répète bien PERSONNE, en dehors de nous, ne peut vous sortir de ce sépulcre. Si vous décidez de coopérer, dites-le ; nous irons récupérer Achille pendant que vous méditerez dans ce putain de casier et vous en sortirons ensuite pour vous en trouver un autre plus confortable. Si vous refusez, je vous dis bonne nuit et vous boucle jusqu'à demain midi. Savoir si vous trouverez suffisamment d'oxygène pour attendre, ça, c'est votre problème. Une minute pour décider ! Pensez bien que, de toute manière, vous allez demeurer là-dedans jusqu'à ce qu'on ait mis la main sur Gros Bébé. Voilà, ma trotteuse est partie, vous décidez.

Il n'attend pas :

— Oh ! arrêtez votre charre, enviandé de poulet ! D'accord, je vous le rends, votre gâteux.

— L'adresse ?

Il me la donne.

Je le renfourne aussi sec !

*
**

Un hangar immense qui pourrait abriter un Boeing 747. Mais foin d'aéronautique, c'est du matériel de cinoche-tv qu'il recèle. Une armée de projos sur pieds, des rangées de « gamelles », des rails de travelling, des décors ayant servi et qu'on a démontés pour les empiler, que sais-je-t-il encore-t-il. Tout au fond, se trouve un vieux camion-caravane destiné aux tournages en extérieurs. D'après Mortimer, c'est dans ce véhicule sédentarisé par d'innombrables avaries consécutives à l'âge qu'est enfermé Chilou.

Je regarde le Gros.

— Ça me fait quelque chose, dis-je.

— A moi z'aussi, reconnaît le Chourineur. Dans quel état soit-il, c'vieux paf ?

Nous allons bien voir...

Sachant qu'il n'est pas seul, je toc-toque à la portière coulissante. Puis me placarde sur le côté, afin de laisser le Gros comme unique terlocuteur de l'éventuel geôlier ; ce gros sac est tellement plus rassurant que deux mecs dont moi !

Un remue-foyer à l'intérieur[1], un cliquetis, la portière coulisse en grinçant.

— Salut ! fait niaisement Sa Majesté avec un franc et inaltérable sourire mérovingien.

— Qu'est-ce qu'il y a ? demande un gonzier que je ne vois pas encore, mais ça ne saurait tarder.

— Le boss ! dit laconiquement le Mafflu.

Et, en très grand artiste, il tourne déjà les talons comme un qui vient de remplir sa mission.

Négligemment, tu vois ? Tranquillos comme Jean-Baptiste. Cette volte juste pour désamorcer le mec, le détendre bien complètement. Je te jure que ce gros con a du génie kif toute la colonne de la Bastille !

Mais il n'exécute pas un seul pas. En une prodigieuse pirouette d'éléphant repensé par Dali, il se rue sur l'homme (lequel est surélevé par rapport à lui), le saisit à bras-les-jambes, le soulève

1. San-Antonio a voulu écrire remue-ménage, mais il écrit tellement vite, ce con !

et, d'une détente formidable, le projette par-dessus son épaule, et dans ma direction.

Désireux d'apporter ma contribution à l'œuvre béruréenne, je tire un superbe penalty dans la mâchoire du gars qui en hennit de douleur. Béru s'approche pour placer le sien à la tempe K.-O. express.

Le garde-chiourme est un grand vilain à la boule presque rasée. Avant mon coup de botte, il possédait une mâchoire carrée. Avant celui du Gros, des oreilles décollées. Maintenant c'est une grande loche flasquos, tuméfiée et impardonnable[1]. Il avait un appareil téléphonique portable en bandoulière, lequel a été propulsé à travers le hangar. N'ayant plus de menottes à dispose, Béru va récupérer le dragonne de cuir du biniou pour entraver les mains de sa victime. Moi, je me sers du téléphone pour alerter la brigade de récupération. Enfin, oh ! oui : enfin, nous pénétrons dans la caravane. Une seconde porte s'oppose encore à nous. Le Mastard la vainc d'un coup d'épaule de transporteur de pianos.

Et alors, ô merveille des merveilles, nous voici au contact du Vieux.

Un Vieux toujours égal à lui-même, rasé de frais, en robe de chambre de soie noire à motifs chinois, le crâne éblouissant.

Certes, il est très pâle et a les traits tirés, mais il n'a rien perdu de sa classe.

1. Pourquoi « impardonnable » ? San-Antonio a son mystère.

Je vais à lui, les larmes aux yeux, les bras tendus. Et sais-tu ce qu'il me dit, cet enfoiré ?

Ceci :

— San-Antonio, j'ai failli attendre !

Faut oser, non ?

CHAPITROLOGUE

Pas son bureau : son salon.

Il nous a dit que ça ferait plus intime, le ministre.

Tu parles : d'immenses fauteuils moulurés et dorés et soyeux et mon cul, tout bien ! Table de même style (Ve République chaussant les pantoufles du Roi-Soleil — en anglais *Sun King*) ; merci pour l'intimité, Majesté !

Réunis : LE ministre, le Vieux, moi. *That's all.*

Dans l'antichambre, on perçoit le brouhaha des journalistes se mettant en place pour la conférence de presse qui va suivre. Notre hôte porte un costard beigeasse, une chemise bleu des mers du Sud agrémentée d'une cravate rayée comme tu peux pas savoir, une dame caméléon posée dessus ferait une fausse couche.

— Grand succès, monsieur le directeur, apprécie-t-il loyalement en me rendant mon titre. Mieux : superbe victoire tous azimuts ! Etant un homme sincère, en dehors de la politique, je vous avoue que j'en suis sur le cul !

Et ma pomme, m'efforçant à rester sobre :

— C'est effectivement, une affaire extraordinaire, monsieur le ministre car, partant d'une enquête sur la disparition de mon ancien et éternel directeur, elle a eu d'étranges ramifications : complot contre les hauts personnages de l'Etat, trafic de drogue, chantage, assassinats. Je crois que jamais, au cours de ma carrière, je n'ai levé autant de lièvres à la fois : ils partaient dans tous les sens !

Il me tend la main.

— Personnellement, je vous dois la vie, puisque je me trouverai en bonne place au défilé du 14 Juillet. Savez-vous, qu'aux dires des experts artificiers, la charge d'explosif déterrée place de la Concorde était suffisante pour réduire le Louvre en tas de cailloux ?

Puis, aimable, à Chilou :

— Votre captivité, n'a pas été trop pénible, monsieur le directeur ?

— L'enfer, mais n'en parlons plus, répond noblement le gentleman de la Rousse.

Je demande impulsivement :

— Comment se fait-il que vous m'ayez téléphoné, un jour, patron ?

— Mon geôlier est allé uriner dans les toilettes du bus, laissant son téléphone portable accroché au dossier de sa chaise.

Le ministre pose une main familière d'homme familier sur le genou du Dabe.

— Cela vous dirait de rempiler, cher ami ? Je projette une refonte complète de l'appareil policier ayant une direction bicéphale. San-Antonio dirigerait la partie active et vous la partie gestion. On créerait de nouvelles brigades, comme j'en ai déjà parlé, on formerait des éléments jeunes capables, un jour, d'assurer la relève.

— J'en suis ! clame le Vieux, galvanisé, en tendant sa dextre au ministre.

— Moi aussi ! ajouté-je, en conservant la mienne sur mon accoudoir.

Un pingouin travesti en huissier entre, louvoyant, portant un téléphone sans fil sur un plateau d'argent. Il chuchote à l'oreille du ministre.

— Mais donnez-le-lui ! fait ce dernier.

Il m'informe :

— Un appel téléphonique pour vous, monsieur le directeur.

Je balbutie une excuse et cramponne l'appareil.

C'est maman.

— Je ne dérange pas, mon grand ? fait la chère chérie.

— Mais non, penses-tu !

— Juste pour te dire que je viens de rentrer et pour te demander si vous dînez à la maison, Toinet et toi.

— Comme si on allait rater ton retour ! Veux-tu que nous t'emmenions au restaurant faire la fête ?

— Surtout pas, mon grand, surtout pas : j'ai rapporté des caillettes de l'Ardèche.

— Miam miam ! m'écrié-je.

— Quoi ? demande le ministre, surpris.

— Vous aimez les caillettes de l'Ardèche, monsieur le ministre ?

— Qu'est-ce que c'est que ça ?

Comme quoi on peut être ministre et ignorer l'essentiel !

Achevé d'imprimer en octobre 1993
sur les presses de l'Imprimerie Bussière
à Saint-Amand (Cher)

N° d'impression : 2201.
Dépôt légal : novembre 1993.
Imprimé en France

N° d'impression 2201.
Dépôt légal : novembre 1965.
Imprimé en France